中国民间故事丛书

日月潭的独木舟

祁连休 主编

河北出版传媒集团
河北教育出版社

图书在版编目（CIP）数据

日月潭的独木舟 / 祁连休主编. -- 石家庄：河北教育出版社，2023.2
（中国民间故事丛书）
ISBN 978-7-5545-7163-7

Ⅰ.①日… Ⅱ.①祁… Ⅲ.①民间故事－作品集－中国 Ⅳ.①I277.3

中国版本图书馆CIP数据核字(2022)第149628号

日月潭的独木舟
RIYUETAN DE DUMUZHOU

主　　编	祁连休
策划编辑	郝建东
责任编辑	刘书芳
封面插图	何　琳
内文插图	何　琳
插图顾问	祁春英
装帧设计	李　奥　边雪彤
音频录制	王磊磊
出版发行	河北出版传媒集团
	河北教育出版社　http://www.hbep.com
	（石家庄市联盟路705号，050061）
印　　制	河北新华第一印刷有限责任公司
开　　本	880mm×1230mm　1/32
印　　张	5.625
字　　数	98千字
版　　次	2023年2月第1版
印　　次	2023年2月第1次印刷
书　　号	ISBN 978-7-5545-7163-7
定　　价	29.00元

版权所有，翻印必究

致小读者

亲爱的小读者，我们的祖国是一个历史悠久，幅员辽阔，民间文化十分丰厚的多民族国家。千百年来，民间流传着许许多多优美动听的故事，它们多彩多姿，各具特色。我们奉献给大家的这套中国民间故事精选，分为《阿里和他的白鸽子》《牧人和雪鸡》《神秘的泉水》《日月潭的独木舟》四册，总共收入一百二十多篇民间故事。通过这些作品，可以窥见我国民间故事宝库的风采。

这些民间故事内容广泛，思想意蕴比较深刻，富有哲理性。例如，颂扬圣人孔夫子襟怀坦荡，知错能改的《孔子改错》；称赞鲁班善于启发同行，潜心发明创造的《鱼抬梁和土堆亭》；描写小伙子阿里乐于助人，敢于担当，因而获得爱情与幸福的《阿里和他的白鸽子》；褒扬团结互助，对抗邪恶，最终制服母猪龙的《雕龙记》；赞美糖枣儿人小志大，为保卫家乡奋不顾身的《糖枣儿》；等等。书中的故事都能够一次次触动读者，给读者以启迪、教益和激励。

这些民间故事，情节曲折有趣，形象鲜明，艺术性强。例如，讲述具有神力的雪鸡让贪婪凶恶的女人不能得逞，帮助穷苦牧人过上了好日子的《牧人和雪鸡》；揭露皇帝想害死淌来儿，派他去取太阳姑娘的金发，他沿途不断解救别人，皇帝最终受到惩罚的《淌来儿》；赞美神藤老人热心扶持孤儿那琼，使其过上幸福生活，并且惩罚了贪婪霸道的帕公爷的《神藤》；称颂鸡蛋、青蛙、锥子、剪刀、牛粪、碌碡，同情老阿奶，联合起来一起消灭妖怪的《求救的老阿奶》；等等。书中的故事无不引人入胜，给读者带来欣赏民间故事的满足感和艺术熏陶。

这些民间故事五彩斑斓，富有浓郁的地域风情。例如，叙写雄合尔老汉的三个聪明儿子雪夜追盗，凭着蛛丝马迹准确判断出偷牛贼的各种特征和家庭情况，受到汗王夸奖的《三个聪明的兄弟》；讲述老公公在神秘的泉水里得到许多宝物，朋友要骗走却没能得逞，国王想夺宝照样遭到惨败的《神秘的泉水》；称颂少年英雄奋不顾身保卫家乡，为了斩除九头毒蟒流尽最后一滴鲜血的《石良》；描绘五个猎人在日月潭制作独木舟，捕获白鹿，回家时受到全村社热情迎接的《日月潭的独木舟》；等等。读者在欣赏作品时，可以饱览天南地北的山川风貌，领略不同地域的民情民俗，更加热爱祖国，珍惜各民族团结。

这些民间故事，富有想象力和趣味性，在读者眼前展现出千奇百怪的动物世界：讲述弱小的墨鱼征服横行霸道的鲸鱼的《鲸鱼和墨鱼》；描写轻信狐狸的花言巧语，山羊竟落入陷阱的《轻信的山羊》；描写依靠伙伴们的全力帮助，小小绿豆雀终于战胜大象的《绿豆雀和大象》；描写辣蚂蚁让憨斑鸠丢失笛子，画眉雀得到笛子后叫声格外动听的《憨斑鸠与辣蚂蚁》；描写众好友智斗狡猾的耗子，替受欺凌的蛤蟆报仇雪恨的《蛤蟆吞鱼子》；等等。每一篇故事都活泼风趣，让读者爱不释手。

还需要指出的是，本书中的许多作品是由国内一批知名的民间故事采录家搜集的。他们是萧崇素、肖甘牛、董均伦、江源、孙剑冰、李星华、陈玮君、黎邦农、张士杰、芒·牧林、汛河、马名超、隋书今、王士媛、廖东凡、赵燕翼、陶学良、诸葛珮、邱国鹰、宋孟寅、忠录、杨世光、朱刚、李友楼、蓝天、丹陵、于乃昌等。在欣赏这些优美动听的民间故事时，应当记住他们和所有采录者的辛劳。

丛书四册配有大量插图。一幅幅精美的插图，增添了读者视觉审美的愉悦，增强了阅读民间故事的兴味。不仅如此，全书中每一则民间故事都配有朗读录音，让读者欣赏民间故事时还能获得听觉审美的乐趣。总之，为了出好这套中国民间故事丛书，河北教育出版社倾注全力，调动各种艺术手段，取得了很好的效果，令人感佩。

祁连休

2022 年 12 月

目录

养鹅小姑娘　　001

南瓜儿　　005

神笔　　009

丑女人达里　　016

雕龙记　　023

两兄弟卖爹　　034

荨麻与艾蒿　　038

咚咚奎的故事　　047

金瓜种　　053

伞的来历　　056

美妙的里六　　060

寻找怪物的汗　　063

轻信的山羊	073
岩麦戛的奇遇	076
绿豆雀和大象	083
神藤	086
擂鼓	091
孤儿与小人国	096
小孩儿和老虎	101
白茶	104
钟庄扮太子	109

日月潭的独木舟	115
椰子姑娘	120
憨斑鸠与辣蚂蚁	123
金贵的故事	126
白羽飞衣	131
龙女树	139
山官发火	148
小不点儿库依茹丘克	155
流浪儿别克包劳特	163

养鹅小姑娘

　　从前，有个养鹅的小姑娘，在山脚放鹅。天将要黑了，收鹅点数，却少了一只。她找来找去找不见，只好先把鹅群赶回家关好，再回到山坡上去找那只鹅。她一路找，一路听，好像山上有鹅叫，便顺着叫声找去，却不见鹅在那里。她找哇找哇，找到一个大山洞，看到里面有个小妹仔，正在吃生鹅肉。那小妹仔丢一只鹅腿给她，鲜血淋淋的，她不敢吃。那小妹仔吃完鹅肉，要养鹅小姑娘陪她玩儿。养鹅小姑娘被她缠住，一时无法脱身，只好跟她一起玩儿。那小妹仔戴的手镯是竹子做的，见养鹅小姑娘的银手镯亮闪闪的，好看得多，就要跟她换手镯。养鹅小姑娘不愿意，说："我的手镯是银子的，你的是竹子的，我不跟你换。"那小妹仔说："你不换，我喊我妈妈把你吃掉。"养鹅小姑娘一听，吓了一跳：哎哟！跌进阿萨讲的鸭变婆洞里来了！吃生鹅肉的小妹仔一定是鸭变婆的女儿了！养鹅的小姑娘想了想，改变了主意，跟她换了手镯，又提出跟她换对襟衣、百褶裙。换过来以后，养鹅小姑娘一面跟鸭变婆的女儿玩儿，一面随时留神注视着洞口。

鸭变婆出洞找东西吃去了，她找东找西都找不到吃的，只好饿着肚子回洞来。她发现洞里多了一个戴银手镯的姑娘，就不管三七二十一，随手抓来填了肚子。吃罢，又出洞去了。

养鹅小姑娘在一边看着，越想越怕，得赶紧想办法逃出洞去。她想起阿萨讲过的故事，说鸭变婆走得很快，但很愚蠢，于是就把洞里的筷子全部拿走了。出洞后，她走一段路就丢一根筷子。鸭变婆回到洞里，不见戴竹圈的女儿，抓起银手镯用鼻子一闻，才晓得错吃了自己的女儿，便马上出洞去追赶养鹅小姑娘。

鸭变婆一出洞口，就看见自己的筷子丢在地上，就捡了一根送回洞里，再转来追。走一段路又发现筷子，捡了一根又送回洞里。鸭变婆虽然这样多次地来回，但她还是走得很快。小姑娘手上的筷子丢完了，鸭变婆追到了小姑娘背后。小姑娘着急地喊："大石山快来救我呀！鸭变婆追我来了！"大石山当真崩了下来，挡住了鸭变婆。鸭变婆说："我不来你不崩，我一来你就崩！我要回洞里拿铁棍来把你撬开。"鸭变婆又急急忙忙回洞扛来铁棍，把石头撬开。撬完石头，又把铁棍送回洞里，再转回来追，小姑娘已经跑得很远了。

鸭变婆走得快，追呀追呀，又追到小姑娘背后了。小姑娘又着急地喊："大树呀你快倒下来呀！鸭变婆追我来了！"大树当真倒了下来，挡住了去路。等鸭变婆回洞拿来柴刀，把树砍断搬开，又把柴刀送回洞里，再转来追时，小姑娘已

经跑到河边了。

养鹅小姑娘看见河上有一只船,船里有两个男人,便急忙说:"两位哥哥快来救我!鸭变婆追我来了!"两个男人把她藏进船舱里。鸭变婆真的追到河边来了,问那两个男人:"两个哥哥,看见有个小姑娘过河吗?"那两个男人说:"没有看见。"

鸭变婆往河里一看,看见自己的影子在水里面,模模糊糊的,以为是养鹅小姑娘,就说:"水底不是有人吗?"那两个男人故意说:"是呀!是呀!快点儿钻下去把她抓上来呀!"鸭变婆想钻下去,但她身子太轻了,怎么钻也钻不下去,急得喊:"我钻不得。"那两个男人说:"你去找条粗藤来,捆块大石头在颈脖上,一钻就钻下去了。"鸭变婆便照这样做,钻了下去,结果死在水底了。

那两个男人在船上喊:"小姑娘,出来吧!鸭变婆死在水底了。"养鹅小姑娘谢过两位哥哥,高高兴兴地回家去了。

滚三妹　石以林　韦　英　搜集整理

南瓜儿

从前，山寨里有一对年老的夫妇，勤勤恳恳地种瓜种豆，用瓜豆换米换盐过日子。

有一年，夫妇俩种了一棵南瓜。瓜藤爬满了一座小山岗，人人见了都说南瓜要大丰收，夫妇俩非常高兴。谁知到了七八月还不见结瓜，两个老人听说阉瓜藤可以结瓜，便削了一根小竹签，刺进离泥面三寸的瓜藤里，一边阉瓜藤，一边伤心地哭了起来："瓜藤啊，我们两个老人，天天挑水挑粪，你为什么不结瓜呀？我们多么指望你结瓜换米换盐啊！"他俩话未讲完，瓜藤上顿时长出一个大南瓜来。二老高兴极了，正想去摘，却见这个南瓜长得像个人头一样，有鼻子，有眼睛，有耳朵和嘴巴。这时，南瓜对他们说："两位老人家，请不要怕，你们年纪这样大了，还没有儿女，我愿意做你们的儿子。"夫妇俩拿个箩筐来，南瓜说："不用抬了，我自己会走路。"夫妇俩一上路，南瓜就跟在后面滚。夫妇俩给他起名叫南瓜儿，南瓜儿也亲热地喊他们"爸爸、妈妈"。

第二天早上，南瓜儿对爸爸妈妈说，不要下地了，他会代他们去种菜，叫他们只管挑菜去卖。南瓜儿在菜地里滚来滚去，把菜种得很好，早上播下的菜种，下午就可以收割，豆角有一丈多长，辣椒跟水牛角一样大，白菜叶子比芭蕉叶

还要宽。两个老人高兴得不得了。

南瓜儿种菜的事传遍了全寨,越传越远,传到了京城,被国王知道了。国王派三个凶神恶煞一样的差官,来抓南瓜儿到王宫为国王种菜。可是差官一进老人的家门,南瓜儿就不见了。差官对夫妇俩说:"别人都送儿子去当兵,你们却留儿子在家里种菜。处罚你们一百两黄金、一百两白银,限三天内交到王宫里来,要不然就拿儿子去充军,你们的两条老命也要拿去顶账。"

三个凶徒得意扬扬地走了,两个老人吓得半天说不出话来。这时,南瓜儿从泥地里跳出来,安慰他们说:"不要为这点儿小事担忧,我有办法。请妈妈到东山的莲花井去,把井里的一尾红鲤鱼和一尾白鲤鱼取来。请爸爸到西山的金竹冲去,把竹林里那条三脚狗牵来。"

夫妇俩把鱼和狗找来了。南瓜儿把两条鲤鱼用火烘熟,喂给三脚狗吃了,对爸爸说:"明天你把狗赶到王宫去。在路上,狗每走一步,你就抽它一鞭,这样,金子、银子都有了。"

第二天，老头儿赶狗上路，一鞭一鞭抽狗，三脚狗屙一团黄黄的东西，又屙一团白白的东西。一路屙到王宫门前，三脚狗忽然不见了。在路上那些黄的和白的东西，都变成了闪光发亮的金子和银子。这时，宫门打开了，国王和一群大臣走出来，看见黄金、白银洒满大路，立即像饿狼扑羊一样上来争抢，有的脱下帽子来装，有的脱下官服来包。国王下令，谁也不准捡回家，统统拿到金库去。国王看着满库金银，喜笑颜开，于是对南瓜儿的父亲说："种菜的老头儿，你送来了金银，就免了你一家的罪吧！"

第二天早晨，国王闻到王宫里有一种臭味，便叫大臣去察看臭味是从哪里来的。大臣们到处寻找，发觉臭味是从金库里散发出来的，立即把这个情况报告给国王。国王和大臣们亲自到金库去察看，打开库门，臭味就像浓烟一样涌出来，把国王和大臣们一起熏死了。

吴　浩　搜集整理

神笔

　　金平早年失去双亲，无依无靠，孤苦伶仃地住在深山竹棚里。他凭着自己勤劳的双手，开山种地，维持贫苦的生活。

　　六月天，火一样的太阳烤着大地，人在地里劳动，就像在蒸笼里一样难受。泥土被晒得像石头一样坚硬，金平挥着锄头，挖呀挖呀，挖得汗水湿透衣衫，忽然挖出一杆笔来。他拿起来一看：哟！好漂亮的笔——笔毛是深绿色的，笔杆是金黄色的，上头还有一颗小珍珠，亮晶晶的，像一颗彩色的宝石。金平把它藏在衣袋里。

　　日落西山，金平把笔带回家，小心翼翼地放在木箱里。晚上他打开一看，啊，美极啦！笔杆闪耀着五颜六色的光，有金黄色的，有深绿色的，有浅蓝色的，把整个房间照得光灿灿的。金平出奇地望着，心想：我们穷苦人家从来没读过书，今天得了这支笔，我就用它来学写字和画图画啦！

　　写些什么呢？画些什么呢？啊，对啦！画一幅穷苦山丁的生活吧。他挥起笔，蘸上墨，画一个山丁，穿着破烂

的衣服,吃力地挖地,旁边还画了一个空空的米缸,并在画上写着:

山主不劳动,粮食堆成山。
山丁日夜忙,无粮进米缸。

画完,他连纸笔一起放在米缸里。第二天早晨打开一看,缸里盛满了雪白的大米。他高兴地喊起来:"太好了,真是一支神笔呀!"他又在白纸上画了一把锄头,一会儿屋里出现了一把新锄头,他又画一把镰刀,堂屋又出现一把新镰刀。顿时他乐得心花怒放,脸上现出了喜悦的光彩。

他暗暗高兴:这下穷日子可有办法了。但他想,世上穷苦的人多着哩,光一个人过好日子还不行啊!那些一年到头奔波劳碌的叔叔伯伯,那些吃野菜穿破衣过日子的哥哥妹妹,他们一把汗水一把泪,苦日子实在是难熬啊,我应该用这支神笔帮助他们才是呀!不几天,他把村里的穷苦瑶民叫到自己房间来,把这件神秘的事情告诉他们。大家听了感到十分高兴。有的说没有耕牛,金平就给他们画耕牛;有的缺少砍山刀,金平就给他们画砍山刀;有的没有房屋,金平就给他们画房屋……总之,大家缺什么,金平就给他们画什么,一幅幅美丽的、充满理想的图画,一夜之间都变

神笔

成了现实。从此,山丁的生活由苦变甜,欢歌代替了悲叹,幸福代替了贫穷。

墙有眼,壁有耳,神笔的秘密很快被山主发现。有一天,山主带着两个狗腿子,杀气腾腾地闯进金平的屋里来,指着金平的鼻子,铁青着脸骂道:"金平,你父亲欠我的债还没还清,赶快拿神笔来抵押,要不,当心你的小脑袋。"

金平一听,满腹怒气,愤慨地说:"我父亲一年到头辛辛苦苦给你做工,你不给一文钱,还仗着权势来欺压我,哼!"

山主揪住金平的衣领怒吼道:"这个小崽子胆敢造反,把他抓起来。"两个狗腿子立刻七手八脚地把金平捆绑在楼梯脚。狗腿子翻箱倒柜,到处搜查。金平看见他们这种野蛮的行为,愤恨地骂道:"你们这些强盗……"可是神笔还是被抢走了。

山主抢走了神笔,一路上美滋滋的。回到家里,他马上在纸上画了一个大米缸,把图纸放在空米缸里,不料第二天清早打开一看,满缸都是猪粪。他以为是有人故意作弄他,于是再画一缸金子,画完把图纸放在瓦缸里,第二天一看,满缸尽是石头。山主一气之下便把神笔丢进灶里烧掉,还叫长工把笔灰倒进粪坑里。金平得知消息,心中愤愤不平,眼里含着仇恨的泪水把神笔灰从粪坑里捞起来,当作最好的肥料挑去施放后园的梨树，还铲草除虫，精心护理，期待来年长出甜甜的梨果来。

第二年，这棵梨树长了十多丈高，叶子像巴掌一样大，肥油油的，远望过去像把大罗伞。说也怪，园里的梨树已经果实累累了，这棵梨树还不见开花，究竟是什么原因呢？金平实在猜不着了。

一个深秋的晚上，金平睡熟了。半夜里，忽然一阵狂风吹得树叶哗哗地响，金平从梦境里苏醒过来。他侧耳细听，后园那棵梨树发出铿锵的声音，像在下冰雹。

第二天清早，金平忙跑到后园去看，梨树下铺满白银，像那皑皑的白雪。金平用箱子一担一担装了回来，接着他又摇着树干，树叶纷纷落下，瞬间，树叶就变成了白银。金平高兴极了。他想：这棵梨树既不开花，又不结果，却能摇出白银来，我就叫它"摇银树"吧！

这消息又像一阵风吹进山主的耳朵里。山主心里盘算着：摇银树既然是个宝，那么这个宝绝不能留给穷人。一天，趁着金平外出做工，山主带着二十多个狗腿子偷偷地溜进金平的后园，围着摇银树，自己一马当先，抓住树干，猛力一摇。他以为这样可以得到数不尽的白银，谁知一颗颗圆硬的冰雹像有力的铁锤打下来。狗腿子们被打得全身红肿，喊爹叫娘，山主也负了重伤。他一气之下，命令狗腿子把摇银树砍下来放火烧掉了。

　　一棵宝树变成了炭灰，多少年来自己辛勤的劳动被如此践踏，金平心里是多么沉痛和愤恨啊！这时他又记起了父亲对他说过的话：世界上劳动是最可贵的，有了勤劳的双手，什么财富都可以创造。想着，想着，他立即把摇银树的炭灰用箩筐装好，放在屋后的山坡上，然后种上荆竹。每天收工回来，他都要到地里走一趟，哪怕是捉一只虫、扯一根草，他都觉得很愉快。

　　第二年，荆竹长高了，金平买了一只鱼钩，砍了自己种的荆竹做钓竿，蹦蹦跳跳地到河边去钓鱼了。真巧，只要他的钓钩放下河去，大大小小的鱼都拥来争着吃鱼饵，弄得他手忙脚乱，不断抽起钓竿，一天的工夫就钓得二百多斤鱼。他高兴地唱着：

　　　　河水清，河水长，河里鱼儿吹波浪。
　　　　吹波浪，吹波浪，钓鱼人儿喜洋洋。

　　第二天，金平照常到河边去钓鱼，不到半天，六个大鱼篓装满了雪白的鱼条，一条鲤鱼跳起三尺来高。正在山坡上游玩的山主看见了，和两个狗腿子跑到金平身边，哄骗说："金平，把这根钓竿卖给我吧，我把最漂亮的小女嫁给你。"

提起山主的女儿，金平十分厌恶，他唱道：

金鱼竿，是个宝，
你的女儿我不要；
你的女儿不劳动，
看了使我心里恼。

山主看到用软的办法不行，就动武了："把这个小崽子捆起来！"两个狗腿子七手八脚地把金平绑在河边的山桃树下，金平顽强地抵抗着，骂道："狗强盗，不得好死……"

山主抢得了钓竿，坐在石板上，把细长的钓绳放到河里，钓绳随着漩涡在河里打圈圈，却很久没有鱼儿上钩，他等得实在不耐烦了。突然，绳子被拉得紧紧的，他以为一定是钓着大鱼了，心里又紧张又兴奋，便使劲儿拉。可拉起来的不是大鱼，而是一条长长的大蛇，山主被吓得脸色苍白。大蛇张口先把捆着金平的绳子咬断，然后一卷尾巴，把山主的脖子绞住，一口咬死了山主。大蛇又窜到正要逃跑的两个狗腿子面前，把他们收拾了。

苏胜兴　翻译整理

丑女人达里

从前，瑶山有个小姑娘叫达里。她长得很丑，满脸大麻子，青一块，紫一块，像脱漆的木板，难看死了。达里晓得自己长得丑陋，心烦得门也不出，事也懒得做，成天躲在家里，用双手捂着脸，恐怕别人看见。

达里妈妈见她长大了，一点儿事也不做，如果养成懒性，那就害了她一辈子。一天吃罢早饭，妈妈就叫达里出门去学砍柴。达里说："我不去，谁叫你生我这么丑。"

妈妈见自己喊不动达里，就叫丈夫来喊。

第二天吃罢早饭，爸爸叫达里去挑水。她撒赖说："我不去，谁叫你生我这么难看。"

达里埋怨爸爸妈妈，爸爸妈妈喊她这样不听，叫她那样不依。两个老人没有办法，只好叹息，怪自己的命苦。

有一次姨妈为儿子办喜事，请了全寨的人吃喜酒，爸爸妈妈晓得自己的女儿生得丑，怕出门，就对她说："女儿呀，我们到姨妈家去吃你表哥的喜酒，你就在家里煮饭吃吧！"

达里听说要自己做饭，就吵着说："我要去，我不怕丑。"

两个老人一商量，这次人多，第一次让女儿在这么多人面前抛头露面，定会引起议论，弄得不好，自己也丢脸。两夫妇只好说："这次筵席前人那么多，你倒要去抛头露面，不怕人家笑话你吗？"说罢，两夫妇挑起礼品，关上门就走了。

达里看爸爸妈妈离家走了，急得六神无主。她赶忙换上新衣裳，顾不得自己脸丑，冲出门，一边追，一边喊："妈妈呀，等等我呀！"

达里边喊边哭，走到一个泉水边。

这时，有个婆婆正坐在泉边乘凉，见达里哭哭啼啼地走来，便问道："姑娘啊，你哭什么呀？"

达里眼泪汪汪地答："我生得太丑了，爸爸妈妈不让我到姨妈家里去吃喜酒呀！"

婆婆听了，笑着说："呵，呵，是这样一回事。这事好办，我有办法，要你比全寨所有的姑娘都长得好看。"

达里高兴得忙问："这是真的吗？"

婆婆说："你过来吧，我用泉水给你洗一洗脸。"达里依照婆婆的话，走到泉水边坐了下来。婆婆伸手摘了张芭蕉叶当手巾，泡在泉水里搓了搓，轻轻地把达里的脸擦了两把，说："好啦，你照着泉水，看看脸吧！"

达里往泉水里一照,哎呀!自己那么丑的脸,怎么变得又白又嫩又光滑,好看得像朵牡丹花了呢?

婆婆看达里很得意,说:"不错吧,今后有什么难办的事,就到这里来找我好了。"

达里突然变成了瑶山最美的人,她高兴得什么都忘了,也没向婆婆道谢一声,就急急忙忙地朝姨妈家里跑去了。

达里赶到姨妈家时,爸爸妈妈一见她变得这样漂亮,都惊呆了。二老问怎么回事,达里把遇着婆婆、在泉边洗脸的事讲了。满堂宾客都围了上来,观赏她那漂亮得像九天仙女的样子。大家夸奖说:"达里呀,现在你是瑶家最美丽的姑娘了。"

达里听了人们的夸奖后,得意得像只开屏的孔雀。从这天起,她的鼻子翘起来了,眼睛往天上看了。她为了保护细皮嫩肉,成天躲在屋里,日头不晒,雨不淋,什么事情都不肯做,十二个时辰抱着镜子不肯放。爸爸忙不过来,叫她去挑担水,她说:"我这样美,挑水弄邋遢怎么办?"家里没柴了,妈妈叫她去砍柴烧,她说:"我是全寨最漂亮的人,去砍柴,要是被刺划破了怎么办?"

爸爸妈妈见她不听话,也没有办法。

隔壁寨子有个能干的后生,名叫迪努,他听说达里长得漂亮,就跑来向她求婚。哪晓得达里看都不看人家一眼,躲

丑女人达里

在房里说:"哼,我是全寨最漂亮的人,哪能嫁给一个不上眼的迪努呢!"

迪努听到达里那傲慢的话,气得头发都竖了起来,赌气地说:"哼,你只是全寨最漂亮的姑娘,有什么了不起,还有天下最美丽的姑娘呢。你嫌弃我,我就去娶一个天下最美的姑娘,来给你看看!"迪努说罢,气鼓鼓地走了。

达里听迪努说还有天下最美丽的姑娘,心里就急啦!她想:我若是天下最美的人就好啦!这时,她想起婆婆说的话,有为难的事可以到泉水边去找她。于是,达里又跑到泉水边,那婆婆又坐在泉边洗脸。婆婆见达里走来,问道:"姑娘啊,你又有什么困难事情啊?"

达里见老阿婆先发问,便哭丧着脸答道:"阿婆呵,我这难看的脸,被你一洗,变成了全寨最好看的,但天底下比我好看的人还有好多哟!"

婆婆明白了达里的意思,说:"这个容易,我马上给你变成天下最美丽的姑娘,连皇帝的公主也不如你好看。"

达里听了,忙催着说:"谢谢你了,快点儿吧,婆婆!"

婆婆叫达里坐到泉边,还是用芭蕉叶当手巾,泡上泉水,往她脸上抹了一抹,然后说:"好了,你自己往泉水里照照吧!"

达里往泉水里一照,脸蛋、五官秀气绝了。婆婆说:"你现在已经是天下最美丽的人了,该在世上过美好的日子了!"

达里扬扬得意地离开婆婆,回到寨里,更是不把别人看在眼里了。寨子里的人恭维她:"达里啊,你真有福气,变成了天下最美的人。"

达里听了这些赞扬的话,更加得意,也更加懒了。爸爸叫她挑水,她说:"我是天下最美的人了,怎能去挑水呢!"妈妈没柴了,叫她去砍柴,她说:"我是天下最美的人了,比公主还美丽,公主有人服侍,你怎么还要我去砍柴呢!"

先前来向达里求婚的迪努,听说达里长成了天下最美丽的姑娘,又跑来向她求婚,说:"达里呀,我发誓要娶天下最美丽的姑娘,现在你长得比天下所有女子都美丽,我们配对成双,共过一辈子好日子吧!"

达里鼻子一哼,说:"当初我是全寨最美的人,都不愿嫁给你,现在我是天下最美的人了,还能嫁给你?"

迪努被达里奚落了一顿,恼火了,说:"达里,你是天下最美的姑娘了,但也比不上神仙,神仙七仙姑也找董永成亲呢!难道你比神仙还美?"说罢,气呼呼地走了。

达里听迪努说神仙比天下最美的人还要美丽,她又妒忌了。于是,她又哭哭啼啼地跑到泉水边,对婆婆说:"阿婆啊,我虽然是天下最美的人了,但还有人仍看不起我,说我比不上天上的仙姑,请你再给我变一变吧!"

婆婆听了，连声说："呵，呵，原来是这样，来吧，我会让你满意的！"

达里赶紧坐到泉水边。婆婆又用芭蕉叶当手巾，泡上泉水，往达里脸上一抹，说："好了，你自己往泉水里照照吧！"

达里一照，差点儿吓晕了，怎么一会儿工夫，自己一张漂亮的脸，变得比原先难看时还要丑十倍！她气死啦，双手捂着丑脸，号啕大哭着说："我的脸怎么变得这么丑哇！我的脸怎么变得这么丑哇！"

婆婆说："你的心太大了，我给你变得那么美了，你还不满足。如果我再把你变得与仙姑一般美丽，下一次你还要我把你变得比什么更美呢？我没有办法，只好给你恢复原来的面貌！"说完，婆婆化成清风不见了。

达里后悔也晚了，又恨又气，不久就在泉边化成了石头。现在，瑶山的山泉边常见那些圆滚滚的麻石，相传就是达里那丑脸化成的。

李肇隆　洪　波　搜集整理

雕龙记

从前，大理漏一村的龙潭里住着一条母猪龙。这条龙浑身乌黑，心性凶暴，专同人作对。每隔三年，到六月二十四日黄昏时候，它就要从潭子里喷出乌云，遮天蔽日，接着恶风暴雨，洪水泛滥，遇桥桥倒，遇房房坍，把千百亩田地冲成一片沙滩。它又驾着洪水，直冲进洱海里，打翻船舟，吞食鱼鳖，撼了一昼夜，从洱海转来，又是一场祸害，最后才回到潭里住下。这三年一度的灾难，害得乡亲们几辈子人总过不成好日子。

这条母猪龙还有一桩毛病，便是见不得铁器铜器。若是有人不知忌讳，拿铜铁家什去潭子里取水吃，它便伸出爪子，把人拖进潭子里吃掉。

这年清明节，剑川的杨师傅同他的独养儿子七斤路过潭边。天气正热，走得口干舌燥，歇息下来以后，七斤只是想取水吃，就抓起红铜小锣锅往龙潭那边奔去。杨师傅连忙追去，叫他不要舀水吃。哪知等杨师傅赶到潭边，只拾回七斤脚上的一只草鞋。

　　杨师傅想跳进潭子里去同孽龙拼命；回头一想，这样也不抵事。他眼呆呆望着拾回的那只草鞋，就在潭子边哭起来。他一直哭到日落西山，还守着潭子不走。

　　这时，有位老大妈走过大路，劝他回到村子里再打主意。杨师博回到村子里，大家都对他十分同情，一起来安慰他。其中有一对孩子，男的叫阿宝，女的叫阿凤，偎着杨师傅，递水捶背的，分外亲热。看见这对小儿女，杨师傅更是伤心。大家劝他放宽怀，好好休息两天，然后再派人送他回剑川。

　　杨师傅米水不沾，一夜不睡，把那只草鞋看了又看。天刚刚亮，他已决意不走，要为民除害，为子报仇。他善于雕龙画凤，又读过木经[1]，记得好些神咒，便立誓要刻出一条木龙，彩画起来，使它同真龙一模一样，然后念上神咒，替木龙开光，使它灵活起来，择日丢进龙潭，去同母猪龙斗架，直到把这条孽畜打死为止。大家都支持他这样干，情愿供他饮食，还替他去苍山顶上砍树，让他安心雕刻木龙。

　　这天，杨师傅同大家从苍山顶上砍回了一棵万年古松。他砍下松树枝丫，搭了一座棚子，斋戒沐浴一番，便开始雕刻木龙。阿宝阿凤帮着他，为他做饭、汲水、递东西，就像

---

[1] 木经：相传是鲁班祖师传下的关于建筑的经典，实际是口头相传的建筑经验。木经是父子、师徒单传的，因此渐渐失传了。

亲生儿女一般。杨师傅望月赶星地做着活计，想要在六月二十四日正午以前把木龙刻完，好在那天黄昏时候，把它投进龙潭，把母猪龙斗垮。

有一天，棚子里忽然来了一个陌生人，披件黑披毡，蹲在火塘边，冷冷地望着杨师傅做活儿，半天不吭声。

"大哥，你有什么事？"杨师傅问了他三遍，那人也不出声，只见他的一只手从披毡里伸出来，把一件什么东西递到杨师傅面前，这才开腔了："山神[1]哥，听说你手艺高超，麻烦你救活这尾鱼。"说完，就把鱼递给杨师傅。

杨师傅接过来一看，是一条晒干了的弓鱼。他把鱼搁在刨花堆上，拱拱手说道："大哥，我哪有这么大的本事！"

"弓鱼咒不活，你还想咒木龙哩！"

那个陌生人说了这两句后，闷着笑声走出去了。杨师傅正想追去，猛听得背后吧嗒一声，回头一望，那条晒干了的弓鱼竟在刨花堆里摆动起来了。杨师傅猛省，抓起斧子去砍，那条弓鱼却躲进刨花堆不见了。阿宝、阿凤、村子里的人都来帮着找鱼，把刨花一小堆一小堆地抖开，抖了又抖，忙乱了半晚上，那条弓鱼终究没有找着。

谁都不知道这是怎么一回事，是谁干的鬼事。于是，杨

---

[1] 山神：凡是能掌握木经的匠师，就成为工匠领班，主持建筑设计构图，尊称山神，言其能支配山林命脉。

师傅在棚子周围撒了米城[1],叫阿宝和阿凤轮流守望。以后再没有出什么事,也再没有什么生人来了。

到了六月二十四日正午,杨师傅把雕好的木龙陈列在广场上。因为母猪龙是黑的,杨师傅把木龙涂上白土,木龙浑身就像亮银一般。大家围着杨师傅,向他道喜,同他一道给木龙开光。龙角上挂着红彩,红白相间,十分鲜明。到了午时三刻,杨师傅咬开中指,点上木龙的五官,口中念着神咒,默默祷告,祈求鲁班祖师保佑自己战胜母猪龙。

太阳刚落,到处点起火把,大家唱着曲子,敲锣打鼓,抬起木龙向龙潭走去。杨师傅高擎火把,阿宝、阿凤左右伺候,走在顶前面。来到龙潭边,杨师傅叫大家把火把插在潭子周围,然后捏拳画符,念动神咒,把木龙送进潭子里去。

仪式完毕,杨师傅领着大家,骑上牲口,飞跑上山。大家还未跑到山上,便听见潭子里响起了一阵炸雷,两朵云涌上半空,一白一黑;白的在先,黑的在后,卷上半天云里去了。接着狂风暴雨,两条龙就在半空中斗起来了。

杨师傅同大家在山头望着。两条龙在半空中打斗,从北到南,从上关打到下关;又自南到北,从下关打到上关。白龙因为身小力弱,渐渐招架不住,但不甘示弱,且退且斗;

---

[1] 米城:过去人们以米、盐、铁、糖、茶五种日用品为"五宝",其中以米为首,凡遇山行野宿,围着住所把米撒上一道圆圈,说是可避邪魔虎豹的侵袭。

乌龙喷出黑雾，罩住了白龙。最后，白龙全身被乌龙击成几段，坠落山头；山头铺满一片白，像下雪一般；乌云盖满天空，地上一片洪水。

白龙虽然失败了，但大家并不灰心。杨师傅用斧子往北画了一道线，表示他不战胜母猪龙决不跨过这条界线回家去。他要独自上苍山伐木，再刻一条木龙，与母猪龙决斗。大家不让他一个人去，死活大家都要在一起：要砍树，大家一道去砍；要雕龙，大家照旧供他饮食；只等明年六月二十四日，再同孽龙决斗。

杨师傅去伐木，在半路上遇到一位铁匠赵师傅，也是常走远方的老朋友。赵师傅问起究竟，知道一切，也愿意帮助杨师傅去伐木雕龙。他还说，先前白龙失败，是由于没有装上铁甲、铁牙、铁爪，他愿助一臂之力，替木龙装甲。这下杨师傅恍然大悟，但哪儿来这许多生铁呢？还有做活儿的师傅也不够。

赵师傅说，他愿去洱源凤羽山找矿工，开挖生铁，送到这里；他愿去鹤庆找铁匠弟兄，共同来大理帮助落难的白子白女[1]。铁匠赵师傅去了以后，大家就同杨师傅上山去伐木了。

---

[1] 白子白女：相传是古代白王的后裔，崇尚白色，互称"白子白女"。

日月潭的 独木舟

雕龙记

一天，阿宝和阿凤正在家收拾，有个操着剑川口音的老大妈来找杨师傅。她说她是杨师傅的嫂嫂，听说兄弟在这里雕龙报仇，特意送来一口袋干粮、一把祖传的钢斧，帮助兄弟干活儿；既然他不在，把东西搁在这儿，她先去赶转大理街，回头再来找他。临走时，还给了小孩儿两只又香又甜的柑子梨。

过了两天，伐木的人回来了。他们找到一棵古松，砍倒了运回来，作为雕刻木龙之用；另外还砍了不少材料，准备搭盖房屋。

杨师傅回到草棚，阿宝、阿凤赶忙把干粮口袋、斧头和两个柑子梨一起交给他，并说明这些东西是怎么来的。杨师傅惊疑不定，只是摇头。他又看看那把斧头，倒是厚背薄口，结实好用。正在端详，哪知斧柄忽然弯扭过来，缠住杨师傅的臂膊；斧头也变成了蛇头，张开血口，吐出毒舌，直向杨师傅胸口袭来。

两个小孩儿惊叫起来。杨师傅一看见斧头变成青竹标蛇，忙用左手紧掐着毒蛇的七寸，然后从右臂上拉下毒蛇，使力在空中抖着，只抖得毒蛇全身骨节松断，眼看不能活了，才把蛇丢进火堆里烧着，烧得吱吱吱地直响。

两个小孩儿吓醒过来，忙去打开麻布口袋。打开一看，原来袋里装的尽是些碎木块，那是斗败的白龙身上的鳞甲、爪子和骨节。这时两个柑子梨也变了，原来是两颗天南星，吃下去会麻死人的。这是母猪龙施毒计，又来谋害杨师傅和两个小孩儿，想用碎尸万段的木龙残骸来气死杨师傅。但是杨师傅咬咬牙，憋着气又重新雕起木龙来。没多久，赵师傅同铁匠弟兄们也来了，忙着铸生铁，打造铁甲、铁牙、铁爪。

这时，阿宝跟着赵师傅学铁匠手艺，阿凤跟着杨师傅学木工活儿。不久，阿凤雕出了一条小小的木龙，阿宝打好许多铁甲、铁牙、铁爪，替小木龙装甲。这条小小的木龙一装好，真是活灵活现。杨师傅和赵师傅很高兴，拿来供在草棚里。

当天晚上，一个老和尚带着一只黑狗来到草棚外面乞讨。杨师傅赶忙拿酒饭给他吃。看看天色已晚，就让老和尚在棚子里过夜。哪知到了半夜，这个老和尚趁众人睡熟，悄悄起来，从台子上抓起小木龙，扯成几段；点起刨花，放火烧着了草棚。那只黑狗奔向睡着的杨师傅，正要咬他的喉咙，幸得阿宝醒来，抓起铁锤，敲破了黑狗的脑壳。阿凤也惊醒了，用斧子去砍老和尚，可惜只砍下一截手指，老和尚便卷起一阵狂风走了。

等到乡亲们赶来，老和尚、黑狗一块不见了，地下只留得几段扯毁的木龙和一只母猪龙的脚爪。大家知道又是母猪龙干的鬼事，从此更加小心在意，日夜巡守。母猪龙不敢再来作乱了。

到了第二年六月二十四日正午，木龙又雕成了。它浑身装甲，白晃晃、亮晶晶，摆在广场上，好不威风。大龙身边围着八条小龙，这八条小龙是阿宝、阿凤相帮的手艺。大家一起来看杨师傅替大龙、小龙开光。

黄昏时，到处点起火把，人们唱着调子，敲锣打鼓，抬起九条银龙，从苍山下来，来到龙潭边，把火把插在潭子周围。杨师傅又念起神咒，然后把那九条银龙送进潭子里去。

仪式完毕，杨师傅忙领着乡亲们，骑上牲口，飞跑上山。

乡亲们还未上山，潭子里猛地响起了一阵炸雷，一朵乌云涌上半空，九朵白云随后紧追。接着狂风暴雨，浪涛滚滚，同洱海连成一气，分不清是河是海，是天是地。九条白龙，一大八小，围着一条乌龙斗起来了。

十条龙在空中打斗，从西边的苍山打到东边的洱海，又从南方的下关打到北方的上关，一百二十里的天空成了战场。乌龙虽是力大身粗，但被九条龙缠住，逐渐精疲力竭，一块块乌黑的鳞甲有簸箕大小，从空中掉落下来，但仍拼死挣扎，摆动着巨尾，想把小白龙打下海去。

杨师傅、赵师傅和乡亲们，看见自己的白龙已经得手，高兴得欢跳起来，大家挥着斧头、锯子、铁锤、锄头、镰刀，向空中呐喊助威。

等到九条白龙追赶着乌龙从北边转回，乌龙的头已经渐渐往下栽。一片白天，罩满天空；乌云像一床平铺的毡子，逐渐被压向海面。天野被划成两半，上白下黑，十分分明。不久，乌云便掉进海里去了。接着，只见白云里现出九条白龙，向人们点点头，随后响起九下炸雷，劈开密不透风的林子，钻进潭里去了。

从此，母猪龙被镇压在洱海底下了，那龙潭就变成了白龙潭。潭子周围的林子已经劈开，阳光透入，潭水清澈见底。后人为纪念杨师傅和白龙，还在潭旁盖了一座白龙庙：中间塑的就是杨师傅，两旁站立伺候的童子就是阿宝、阿凤；大殿匾头上盘的是大白龙，柱子上盘的是八条小白龙。人们还没有忘记赵师傅，白龙庙耳房里供的就是他。他手里还捏着把锤子哩。

　　　　　　　　　　　　　　　欧小牧　整理

两兄弟卖爹

很久以前，阿佤山的班开寨住着岩果和尼门兄弟俩。布谷鸟叫了三七二十一次，兄弟俩已经是成家立业的年龄了，但他们谁也没有娶媳妇，因为他们还有一位年迈的父亲。老父亲早已做不成事了，连到竹笆晒台上去晒晒太阳都很艰难。兄弟俩都认为年迈的父亲只会在火塘边闲吃和烤火，是自己成家的累赘，谁都不愿赡养老人。

一天，岩果对尼门说："尼门兄弟，你看我已这么大了，该娶个老婆了。娶了老婆我就搬到外面住，你在家里安心养阿爹，家里的谷米大半归你，猪牛任你挑。"

尼门一听，双眉一蹙，心想如果答应哥哥，自己负担就更重了，今后成家时，年老的阿爹不就成了累赘？不行！于是说："明年桃子熟的时候，我也要娶老婆了，按照祖辈传下来的规矩，阿哥你应该留在家里照料阿爹。"

兄弟俩不上山打猎，不下田生产，在家整整争执了几天，谁也不愿留在家里养老人。后来岩果提议："我们争执了几天，也没有什么结果。明天我们把阿爹抬到集上卖给人家守旱谷（在旱谷地边祭神）算了。"尼门答应了。

第二天早上，兄弟俩做好了一副担架，哄骗老人说："阿爹，我们抬你去赶集，换好烟叶抽，换醇甜的水酒喝。"老人见兄弟俩这般有孝心，感动得眼泪直流，声音颤抖地说："有你俩这样好的儿子，我真是有福气啊！"

父子三人上了路。他们走哇，走哇，上了几道坡，过了几道梁，只觉得口干舌燥，累得直喘粗气。岩果说："尼门，又热又累，歇会儿吧。"尼门也口渴得难受，听阿哥说休息，忙回应说："好吧，我们去箐沟里找点儿水喝。"

兄弟俩把阿爹放在路边，找水去了。他俩朝着泉水淙淙作响的方向走去，走着走着，看见前面的一棵干树杈上歇着一只画眉鸟。尼门眼尖，捡起一块石头朝画眉鸟打去，不偏不歪正好打中画眉鸟的脑壳，把画眉鸟打死了。兄弟俩奔过去捡起画眉鸟，又发现树杈上有个草窝，里面躺着四只小画眉，齐排排地张开嫩黄的嘴壳，吱吱地叫个不停。岩果弄不明白小画眉为啥叫，就问尼门。尼门说："阿爹年长，见的事多，我们问问他去。"说着，兄弟俩顾不上找水喝，捧起四只画眉鸟回到阿爹身旁，向老人询问鸟儿吱吱啼叫的缘故。

老人接过小鸟，细细打量着他们的小茸毛和嫩黄的嘴

日月潭的 独木舟

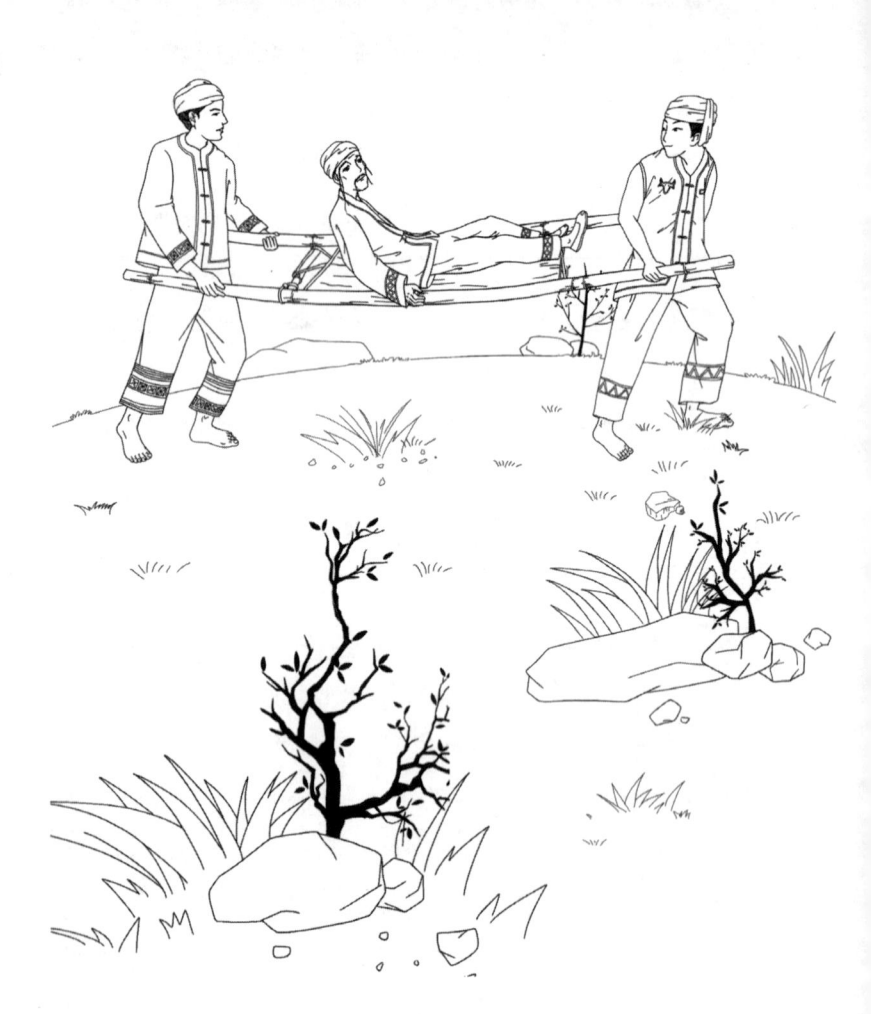

壳，然后语重心长地对兄弟俩说："这些小画眉，是在等待画眉娘喂食哪。你们看，那些飞上飞下、东奔西忙的雀鸟，都是为了他们的儿呀！祖辈们都说：'画眉养大一窝儿，羽毛要落九十九。'"老人说到这儿顿了顿，用粗糙的手抚摸着岩果、尼门，又说，"你们俩小的时候，我也像雀鸟一样，一口饭一口水地把你俩养大。今天你俩有心有肠地把我这个快入土的人抬着去赶集，我的一腔心血总算没有白费呀！"

兄弟俩听了阿爹的话，羞愧地低下了头，心上像压了一块大石头。岩果忽然抬起头来对尼门说："走！把阿爹抬回去。"

"怎么？岩果、尼门，我们不去赶集了吗？"老人糊涂了。

"不，不去了。"兄弟俩羞愧地说。

从此，兄弟俩尽心尽力地赡养老人。老人在儿子的精心照料下，度过了幸福的晚年。

岩果和尼门敬养老人的事，在阿佤山上一家传一家、一寨传一寨、一辈传一辈，敬养老人的良好风尚一直传了下来。阿佤人抽烟、喝酒、猎获山珍、收到丰收的果实，都要先敬给长辈。每当在山涧里见到雀儿觅食，阿佤人就思念起父母的养育之恩；每当听到画眉鸟声声啼叫，阿佤人就回想到长辈们的抚爱之情。

建军 建华 整理

荨麻与艾蒿

从前有母子三人，在一个小山村里过着穷苦的日子。妈妈每天早出晚归下地劳动，把一个七岁的小姑娘和一个五岁的小男孩儿丢在家里。姑娘名叫大砧板，男孩儿名叫二碟碟。两个孩子看见妈妈一走，就把大门紧紧关住。天快黑的时候，妈妈从地里回来，总是这样叫门："大砧板，二碟碟，快来给妈开门呀！咚咚锵，咚咚锵，妈妈回来啦！"两姐弟一听见叫门声，立刻蹦跳着跑去开门，一下子扑到妈妈怀里，问长问短。

在他们屋后的山崖上，有个山洞，里面住着一个老妖婆。母子三人的一举一动，老妖婆躲在洞口，察看得一清二楚，并且安下了坏心。

有一年，正是旧历六七月间，家家园子里种下的玉米都快成熟了。早上，妈妈起床后对姑娘说："阿妹，咱们园子里的玉米白胖了，妈妈要到园子里去吆老鸹、赶野狗，不让它们来吃玉米。你同阿弟好好看家，阿妈晚上回来，好给你们煮饭吃！"妈妈嘱咐了一遍，就到园子里去了。

太阳落山的时候，妈妈从玉米园往家走，没走多远，迎面扑来了那个老妖婆。妈妈没来得及躲避，一口就被老妖婆咬死了。

天黑下来了，孩子们在家里盼妈妈回来。左盼不来，右盼也不来，等得很焦心，他俩就打开了大门，沿着去园子的路，寻妈妈。他们边走边喊："阿妈，快回来吧，该给我们做饭啦！"

两个孩子的喊声刚一落地，妈妈的应声就从远处传来了："大砧板，二碟碟，等会儿阿妈就回来了！"

两个孩子觉得这声音粗大，跟妈妈说话的声音不一样。姐姐连忙拉着弟弟，一口气跑回家来，"哐啷"一声把大门关上了。

老妖婆装着妈妈的声调，站在门外敲门："大砧板，二碟碟，快来给妈开门呀！咚咚锵，咚咚锵，妈妈回来啦！"

大砧板有点儿怕，站在门里面，低声说："你的声调不像我妈，你要是我妈，把手从门缝伸进来，让我们摸摸吧！"

老妖婆毛茸茸的手，从门缝塞进来一只。大砧板摸了摸说："你不是我妈，我妈的手滑溜溜的没毛；妈的手腕上戴的玉镯头，手指上戴的银箍子，你一样没有。再把你的脚伸进来让我们摸摸吧！"

老妖婆又把毛茸茸的一只脚,从门缝塞进来。大砧板摸了摸说:"你不是我妈,我妈脚上没有毛;我妈脚上穿的绣花鞋、粉白布袜,你一样没穿!"

老妖婆骗不过小姑娘,心里直恼火,就使了一阵妖风冲到了玉米地里。老妖婆穿上妈妈的衣裳,戴上妈妈的玉镯、银箍子,蹬上了妈妈的粉白布袜、绣花鞋,又一溜烟跑了回来。

老妖婆装着妈妈说话的声调,站在门外叫门:"大砧板,二碟碟,快来给妈开门呀!咚咚锵,咚咚锵,妈妈回来啦!"

大砧板有点儿怕,照旧低声说:"你的声调不像我妈,你要是我妈,伸进手来让我摸摸吧!"

老妖婆又从门缝里塞进一只手来。大砧板和二碟碟伸手一摸,妈妈的玉镯头、银箍子都摸着了。二碟碟高兴地说:"是我妈,是我妈,快快给我妈开门!"

大砧板用劲儿扯了一下弟弟的衣襟,叫他别作声。大砧板又对老妖婆说:"你要是我妈,再把脚伸进来,让我们摸摸吧!"

老妖婆又从门缝塞进一只脚来。大砧板和二碟碟刚一伸手,就摸到了妈妈的绣花鞋和粉白布袜子。姐弟俩都以为妈妈真的回来了,就打开大门,把老妖婆放进来了。

老妖婆不会做饭,还担心火一点着照亮屋子,会露出原形,所以她一迈进大门槛,就对两姐弟说:"我的好乖,时候不早啦,不给你们做饭了。这时候一吃饭就肚胀,肚胀要吃苦药呢!"

两个孩子怕吃苦药,心里虽然想吃饭,嘴里也不敢说什么。老妖婆坐在铺沿上说:"今晚,咱娘母子三个睡在一头吧!"

大砧板不同意,她说:"我天天不跟妈睡在一头,今天我还是独个儿睡在脚底边!"

老妖婆只得同二碟碟睡在一搭,让大砧板独个儿睡在脚下边。

他们三个钻进被窝儿,睡了不大一会儿,忽然大砧板觉得耳旁像有野狗在嚼脆骨,"咯吱咯吱",一声紧挨着一声地响。她参着胆子问老妖婆道:"阿妈,阿妈,你咯吱咯吱在嚼什么呀?"

"我什么也没嚼,是吃炒豆呢!"

"分给我一把吃吧!"

"不行,不行,你的牙儿小,吃不了!"

大砧板刚要讲话,她觉得腿儿曲偻得有些发酸,便伸直了小腿,脚掌心蹬在一摊又潮又湿的东西上。大砧板立刻全明白了,她吓得把腿儿缩回,对老妖婆说:"阿妈,阿妈,我要尿尿!"

日月潭的独木舟

荨麻与艾蒿

043

"在床脚跟尿！"

"不行，不行，我怕冲地神！"

"在门旮旯儿尿！"

"不行，不行，我怕冲门神！"

老妖婆只得赌气说："这也不行，那也不行，到场心尿去吧！来，让我在你的胳膊上拴根绳儿，你要是害怕，我就揪绳子，好把你从场心拉回来！"

老妖婆用绳子把大砧板拴得结结实实，就放大砧板到场心里去了。

大砧板临走出房门，从灶台上悄悄拿了一把小尖刀，揣在怀里。她一走到场心，就用尖刀割开了绑在臂上的绳子，又把它牢牢地拴在了小花狗的腿上。大砧板听听四周没有一点点动静，就赶紧跑进房子后面的果树园子，"哧溜哧溜"很快爬上了结满甜桃的树杈。

老妖婆躺在屋里，一心要吃小姑娘，怎么等也不回来。她馋得实在忍不住劲，就在屋里咆哮起来了："大砧板，大砧板，你咋还没尿完呀？快回来吧！"

老妖婆不住声地喊着，一面用劲拉绳子。她每拉一下绳，小花狗就汪汪地叫一阵。但是，总也看不见大砧板回来。

老妖婆一溜烟从屋里冲到场心，又从场心冲到屋子后面。她到处寻找，也找不到大砧板的踪迹。最后在月亮星星照得亮堂堂的果树园里,她发现大砧板蹲在桃树杈上。

大砧板见老妖婆找上来了,便和蔼地对老妖婆说:"阿妈,这棵树上的桃子真甜真好吃,你想吃两个吗?"

老妖婆说:"我正想吃口甜蜜蜜的大桃子呢,可是够不着,你丢给阿妈一兜兜吧!"

大砧板说:"桃子熟透了,丢到兜兜里会摔烂。阿妈,你张开嘴,我丢进你的嘴巴里!"

老妖婆张开了血盆大嘴,等着吃熟透了的甜桃。

大砧板掏出明晃晃的小尖刀,"嗖"的一声,尖刀不偏不斜,恰好刺中老妖婆咽喉,老妖婆"扑通"一下就栽倒了。霎时,从老妖婆栽倒的地方,冒出一蓬蓬荨麻,绿油油的叶子又密又肥,绕着桃树根孕了一大铺滩。荨麻刺疤疤地把住树根,不让大砧板下来。

大砧板心里十分焦急,正在急得想不出办法的时候,东方慢慢地发了白。她隐隐约约看见西山上有两个人影,一前一后从坡坡上走下来。走在前面的一个,背的是红毡子;走在后面的一个,背的是白毡子。两个人不一会儿工夫,就来到桃树下面了。

大砧板高兴得向他们直打招呼:"大爹、二爹,快行行好,救我一条命吧!你们看,桃树下面忽然长出来这么一蓬蓬刺人的东西,让我怎么下来呀?"

两个背着毡子的商人往桃树下面一看，果然有一蓬蓬刺人的野草，虎威威地生在那儿，不让姑娘下来。他们觉得把姑娘憋在树上实在可怜，立刻用红毡、白毡铺在刺人的野草上。大砧板说："大爹、二爹，我要跳了，要是跳到红毡上，我就做你俩的干女儿；要是跳到白毡上，你俩谁有儿子，谁的儿子最大，我就给谁做儿媳妇。"

大砧板说完就纵身往下一跳，没跳到红毡上，也没跳到白毡上，偏巧跳到荨麻旁边的土地上了。她的脚尖刚一挨地，就变成了一棵艾蒿，颤巍巍地迎着阳光，长得翠绿绿的。

从此，在丘田的边沿上，或者在到菜园去的小径上，人们常常看到一蓬蓬刺人的荨麻，长得很茂盛；距离荨麻不远的地方，还长着几棵翠绿绿的逗人的艾蒿。过路人不留神，荨麻刺伤了手指或脚板，他们就采上一把艾蒿，轻轻揉在刺伤的皮肤上，刺伤的地方立刻就不痛了。在邓川、洱源一带的荒山野坝间、小径上，总是哪里有荨麻，哪里也生艾蒿。

李星华　搜集整理

咚咚奎的故事

从前，酉水[1]河畔的沙可洞，住着两弟兄，哥哥叫向富，弟弟叫向勤。两弟兄小的时候，阿爸叫他们去学艺。向富贪玩，什么也没学会，只学了几句花言巧语，还把住处都搬到山那边去了；向勤忠厚老实，不分白天夜晚，认真学艺，学得一手好咚咚奎[2]。听了他吹的咚咚奎，老人们不住地夸，孩子们欢乐地跳，妹娃们都着了迷。可他还不满足，天天练，又练了一千零八十天，他的咚咚奎越吹越好。

一个春夜，向勤坐在洞边，吹起咚咚奎，把鸟神感动了。鸟神忙唤童子将他请进宫去，吹了三天三夜。鸟神无比欢喜，天天大摆筵席款待他，临走的时候，对他讲："你的咚咚奎虽然吹得好，可是不能感动地神，还得继续练。现在，我送你一件东西，你带回家去再打开看。"

向勤回到家里，打开一看，是一根黄澄澄的铜咚咚奎，

---

[1] 酉水：又名酉溪。源出湖北鹤峰西北，南流折东流至湖南沅陵注入沅水。
[2] 咚咚奎：当地的一种吹奏乐器。

欢喜极了。于是，向勤拿着铜咚咚奎又去学兽叫。他天天学，天天练，练了一千零八十天，他的咚咚奎愈吹愈好。

　　一个夏夜，向勤坐在洞边，吹起咚咚奎，把地神感动了。地神忙唤童子把他请进宫去，吹了三天三夜。地神无比欢喜，天天大摆筵席款待他，临走的时候，对他讲："你的咚咚奎虽然吹得好，可是不能感动天神，还得继续练。现在，我送你一件东西，你带回家去再打开看。"

　　向勤回到家里，打开一看，是一根银光闪闪的咚咚奎，欢喜极了。于是，向勤拿着银咚咚奎到河边去练。每天，东方才发白，他就来到酉水河畔，练哪，练哪，练了一千零八十天，他的咚咚奎愈吹愈好。

　　一个秋夜，向勤坐在洞边，吹着咚咚奎，把天神感动了。天神忙唤童子请他进宫去，吹了三天三夜。天神无比欢喜，天天大摆筵席款待他，临走的时候，对他讲："你的咚咚奎虽然吹得好，可是还不行，还得继续练，再练一千零八十天，就到四十八洞去传艺。现在，我送你一件东西，你带回家去再打开看。"

　　向勤回到家里，打开一看，是一根金灿灿的咚咚奎，欢喜极了。于是，向勤拿着金咚咚奎天天练。向勤的咚咚奎愈吹愈精了。他吹风的声音，风就呼呼地刮起来了；他吹雨的声音，雨就哗哗地下起来了。夏天，人们薅草的时候，太阳火辣辣的,人们说:"向勤,吹一股凉风来吧!"向勤把咚咚奎一吹,习习凉风就吹来了。入秋,久旱不雨,人们说:"向勤,吹一场雨来吧!"向勤把咚咚奎一吹,雨就哗哗地下起来了。从此,咚咚奎成了土家族人们的无价之宝。

向勤练了一千零八十天,正要到四十八洞去传艺,向富来了。向富一进门就说:"向勤哪,我们向家出了你这样一位神人,我出门,都觉得一脸的光彩。"

向勤不喜欢听那些花言巧语,没有回答他,只是端过凳子喊他坐。向富又说:"向勤哪,你有了那么个金宝贝,我们向家可该发大财了。"

向勤还是没有回答他。向富又说:"向勤哪,你整天东奔西跑帮人家做事,自己也该娶个媳妇,过过安生日子了。""哥,早着哩!"

"早?你都二十出头了。你嫂子天天骂我,说我对你关心不够,这不,我今天就来给你说说这事哩!"

"哥,等我到四十八洞去传完艺再说吧!"

"啥?传艺?你怎么那样傻?你这艺一传出去,你那金宝贝还值价吗?"

"哥,你知道这咚咚奎是哪里来的吗?它是天神赐给毕兹卡(土家人)的,我得把艺献给毕兹卡。"

"好,那你先传给我吧!"

"哥，这艺可不是轻易学得到手的。"

"我一定好好学，好好练。春天练，夏天练，秋天练，冬天练，学不到手不罢休。"向富装得十分诚恳，向勤信以为真。于是，向勤开始传艺了。向勤认真地传，向富也装出认真学艺的样子细心地听。他想要向勤的金咚咚奎，他认为

只要有了那宝贝，便什么都有了。向富学了不到两个时辰，便说："向勤，把你那金咚咚奎借给我拿回去练练吧！"

于是，向勤把金咚咚奎借给了向富。向富拿着金咚咚奎回到家，欢喜极了。他以为他现在什么都有了，是世上最富有的人了。他把妻子喊出来，说："你快准备着住进金銮宝殿吧！"

向富准备吹工匠修金銮宝殿的声音，可怎么也吹不像，吹来吹去都像秃鹰叫。一群秃鹰飞来了，叼院子里的小鸡。妻子要去赶秃鹰，向富说："别赶了，那几只鸡算什么？你等着吃山珍海味吧！"秃鹰把院子里的小鸡全叼走了。向富知道是自己没吹好，于是，又想吹煮山珍海味的声音，可怎么也吹不像，吹来吹去像狼嚎，山上的一群狼跑来了。狼跑进圈里，有的叼猪，有的叼羊，有的叼小牛犊。妻子叫向富去打狼，向富说："你喂那几只畜牲算什么？你等着过土王一般的生活吧！"

妻子气愤地说："别吹了！要是吹来几只虎，把人都叼了去，你才知道那是什么生活？"向富听了妻子的话，也发了火，呼呼地喘着粗气。谁知，他的嘴对着咚咚奎，咚咚奎里也发出呼呼的声音，就像是风箱在扇火，顿时，屋中升起一团大火，把房子烧了起来，而且越烧越旺，大火映红了半边天。

向勤看见山那边起了火,想吹来一阵偏东雨,将大火浇灭,可是,金咚咚奎被他哥哥拿去了。他立即向向富家走去,爬上山头,才看清着火的正是向富家。他快步如飞,赶了过去,可走拢一问,才知他哥哥见起了火,搞慌了,丢下咚咚奎跑了出来,不一会儿,房子被烧成了一片灰烬。

俗话说"真金不怕火炼",这话一点儿不假。大火过后,向勤从灰堆中把咚咚奎找了出来,咚咚奎还是金灿灿的。

向富得了这次教训,再也不敢偷奸耍滑了。从此,他老老实实认真学艺。向富学会后,弟兄俩一个走一方,钻洞进寨,教会了千千万万的毕兹卡吹咚咚奎。这以后,土家人逢年过节,都要吹咚咚奎了。

刘长贵　彭林绪　搜集整理

金瓜种

从前有两兄弟，他们有一个年老多病的娘，哥哥心术不正，不肯养娘，弟弟忠厚老实，老娘由弟弟一人供养。

娘瘫痪多年了，自己不能动，进进出出都要人背，衣服要人穿，菜饭要人喂，大小便要人接。弟弟服侍了几年，从来没有露出半点儿不耐烦的样子。左邻右舍，都夸弟弟是个好儿子。

春天来了，娘要晒太阳。弟弟把娘背到坪坝里，弟弟的屋檐很低，过门槛的时候，弟弟脚站高了，娘的脑壳把屋檐上的燕子窝撞掉了，一只小燕子落在脚边。弟弟把娘送到坪坝坐好后，回来把燕子窝的板板钉好，把燕子窝整好，又小心地用两只手把小燕子捧起来，放进窝里。

第二年燕子从北方飞来，给弟弟衔来一颗金瓜种，弟弟把它种在园圃里，给它浇水呀，上粪呀。金瓜种长得很快，不久牵了很长很长的藤子，开了一朵金黄色的花，结了一个大金瓜。这瓜长得也快，不上一个月，两个人都围不拢了。

到了八月十五那天，金瓜炸开了，弟弟跑去一看，金瓜里装满了金子银子，弟弟撮了大半天才撮完。有了这样多的金子银子，弟弟盖了新屋，又买了几亩田，日子更好过了，他对娘更孝顺了。

哥哥见弟弟发了财，眼红得要死。他问弟弟是怎样发财的，弟弟就把得金瓜种的经过，讲给哥哥听。哥哥一听，争着要把娘养过去。

春天来了,哥哥也背娘到坪坝里晒太阳。他家屋檐高,他搭了个板凳,背着娘踩过去,故意把颈根伸得长长的,把燕子窝撞掉了。把娘送到坪坝后,哥哥也仔细地把燕子窝整好,小心地用两手捧着,把小燕子放进窝里。

第二年燕子从北方飞来了,给哥哥衔来一颗金瓜种,哥哥欢喜地把它种在园圃里。他浇水呀,上粪呀,瓜藤牵长了,开花了,也结了一个大金瓜。那金瓜长得快,不上一个月,两人牵手也抱不拢。哥哥每天到园圃里转哪,看哪,敲着金瓜说:"长啊,长啊,靠你发财哩。"他天天借钱借米,吃鱼吃肉,心想:只要金瓜开了口,什么都有了。

八月十五到了,哥哥一清早就蹲到金瓜边,还安排了五条大麻袋。等啊,等啊,从清早到晌午,从晌午到擦黑,这金瓜还没有开口。哥哥等得冒火了,他拿了一把大斧头,对准金瓜"砰"地一斧劈去。金瓜劈成两半边,哎呀,怎么不见金子银子滚出来呀。定神一看,一个白胡子老头儿笑眯眯地从金瓜里走出来了。哥哥一肚皮的火没处放,对老头子骂道:"老鬼,老子背时了,你笑什么?"老头子笑着说:"我笑什么?我笑你借了那么多的账,怎么还得起呀。"这时,向哥哥讨账的人进门了。

胡文江　搜集
彭　勃　整理

伞的来历

很久以前,在江外一个叫王布田的寨子里,居住着一个多才多艺的哈尼族木匠,他的名字叫浓首哎咳。人们为了表示尊重,在他的名字前面加上"哈尼飘则"(意即哈尼族首领)四个字,称为"哈尼飘则浓首哎咳"。

那时候的王布田寨子,被原始森林包围着。浓首哎咳的家住在寨东头的老林旁边,他的妻子是一个性格温柔、勤劳善良并很有智慧的汉族姑娘。他们结婚以后,只生育了一个小女儿。在浓首哎咳三十五岁那年的秋天,王布田寨子的一家大土司,召来了这个地区所有会做木活儿的人,要在村东头的一个小山包上盖一座大庙房。由于浓首哎咳的手艺出众,土司就指派他一个人到老林里去做木头人——庙里的菩萨。浓首哎咳迫于土司的权势,只好离家到了山上,把家里的一切农活儿、家务交由妻子一个人料理。

临走时他的妻子对他说:"每隔三天叫女儿送一次吃的来。"三天过后,浓首哎咳做出了第一个木头人。这木头人活灵活现，很像浓首哎咳自己。他不得回家，一个人在老林里，想念妻子和女儿，就给木头人穿上自己的衣服，把它摆在通向家里的小路旁，表示对妻儿的遥望和思念。

一天，女儿送米和菜来了。女儿在小路旁看见那木头人，以为是阿爸，把米和菜放在木头人旁边，转身回去了。这天傍晚，浓首哎咳不见女儿送吃的来，只好吃点儿剩饭，躺在窝铺上翻来覆去睡不着。他想：三天过了，怎么还不送米和菜来呢？等到第二天下午还是不见女儿来，浓首哎咳以为家里出了什么事，挨到晚上便悄悄摸黑赶回家。浓首哎咳想问女儿是怎么回事，可巧女儿又到舅舅家去了。妻子叫浓首哎咳等女儿回来，他说必须得连夜赶回老林去，要是土司发觉他回家了，那可不得了，只好走了。

过了三天，又该给浓首哎咳送米和菜了，这次阿妈特别向女儿交代："这片老林只有你阿爸一个人，而且，他鼻子上有三点汗，其他的人是你阿爸做的木头人，你一定要把东西交给你阿爸。"女儿按照阿妈的交代，终于把米和菜送到了阿爸那里。浓首哎咳问女儿："这次你怎么知道我在这里？"女儿就把阿妈交代的话说了一遍。浓首哎咳听后，觉得很有意思，想了想就从一棵大圆木上锯下一截来，做了一根大拇指粗、二尺左右长、两头一样粗的圆木条，对女儿说："把这根圆木条拿去，给你妈辨认哪是头，哪是尾。"

浓首哎咳的妻子拿着木条，想了片刻，就从头上拔下一根头发，拴在圆木条的中间向上一提，圆木条有一头向下倾斜了。这时，阿妈指着倾斜的一头，对女儿说："你拿去，对你阿爸说，这边是头。"当女儿再给阿爸送米和菜时，把阿妈的答案说给了阿爸。浓首哎咳一听点头笑了，觉得妻子很聪明，挺有才能，便叫女儿又把这根圆木条拿回家，叫妻

子在这根圆木条上做一间能够遮挡风雨烈日的"房子"出来。

这一回，浓首哎咳的妻子被难住了。她拿着这根圆木条，左看右看，前思后想，都没想出个办法来。当天晚上翻来覆去睡不着，想了一整夜还是没有任何结果。第二天早饭后，她去园子里割菊芋杆煮猪食，边割边想。突然她像发现什么似的，眼睛盯着一棵大菊芋杆发起笑来，自言自语道："这菊芋杆上的叶子不正是一间能够遮挡风雨烈日的'房子'吗？"这一发现使浓首哎咳的妻子高兴极了，急忙抱着割下的菊芋杆跑回家来。她拿出那根圆木条，仿照菊芋杆做起"房子"来：在圆木条上套上两个用竹子做的圆环，在圆环上打了八个小孔，在这些小孔里插进八根小竹杆；然后找来一块黑布，把布剪成扇子形状，套在插好的竹杆上，用针线把它们缝起来，然后再把布与竹片连好。这样，就在这根圆木条上做出了一间能够遮挡风雨烈日的"房子"了。后来，人们就把这间"房子"取名为伞。

滔　起　搜集

美妙的里六

有一次竹鼠打了一条通道，救出一个落入风洞的猎人。猎人将自己的一支里六赠送给竹鼠，作为报答。竹鼠把里六一吹，吹出了美妙的乐曲，心里高兴极了。从此里六成了竹鼠的随身宝贝，一有空就吹起来，并随着乐曲跳起优美的舞蹈。

一天，鹌鹑听见竹鼠用那支里六吹奏迷人的乐曲，心里非常羡慕，便说："亲爱的竹鼠，你用里六吹奏出的乐曲荡漾在这辽阔的原野上，婉转动听，弄得我心里非常舒畅。请你借给我吹一次吧，让我也欣赏欣赏这美妙的音乐。"

"我不能借给你，你拿着里六飞了，叫我怎么办？"竹鼠不放心地说。

"不飞，不飞，我一定不飞。你要不放心，就用手抓着我好了。"鹌鹑装出非常守信用的样子。于是，竹鼠抓着鹌鹑的脖子，借里六给他吹。谁知鹌鹑却"啊呀啊呀"地大叫起来，央求说："你怎么能抓住我的脖子啊，连气都喘不出来，叫我怎么吹呀！"

竹鼠又抓住鹡鸰的翅膀问："这一下该可以吹了吧？"

"吹是可以吹了，不过，美妙的里六声要是配上轻盈的舞姿，那才有意思哩。请你最好不要抓我的翅膀。"鹡鸰说。

竹鼠改换了一下，抓住鹡鸰的尾巴，问道："这一下该

可以吹了吧?"

"可以吹了,可以吹了。啊,多么美妙的里六声啊!"鹌鹑一面扇翅膀,一面尽情地吹奏。吹着吹着,鹌鹑"嘟噜噜"一声飞到天上去了。竹鼠只抓得一把鹌鹑的尾巴毛在手里,坐在地上伤心地哭起来。

据说,竹鼠的眼睛细就是那次给哭的。而鹌鹑从那以后,就再也没有尾巴了。

毛佑全　搜集整理

寻找怪物的汗

从前有两个贫穷的年轻小伙子,无论做什么事总在一起,好得形影不离。有一天,他们所在国家的汗死了,其中一个小伙子被公众选为这个国家的新汗。新汗就职后,疏远了自己的好友,过着舒服豪华的日子。

有一天,汗决定要进行一次为期五天的秘密旅行。临行前他把朋友找来,对他说:"我们是老朋友了,我有一件事拜托你:从今天起,你替我当五天的汗,在这期间你想做什么,就可以做什么。"

汗走了以后,他的朋友开始察访全国所有的老百姓,了解到人民大众的生活情况。因此,他把全国的人都召集起来,对大家说:"各位父老兄弟!你们之中有的贫,有的富,但你们应该互亲互爱,你们大家有很多艰难和困苦,需要互帮互助。富裕一些的人应该拿出东西来帮助穷苦的人,我也将从国库里提取一部分来救济贫穷的人。"集合的人群听完他的话后,立刻兴奋地高呼:"这真是英明贤德的君主啊!万岁，我们尊敬的汗！"

第二天，临时的汗再次进行了调查，发觉富人们并没有帮助穷人。因此，他命人将国库打开，把里面贮藏着的粮食、布匹和各种各样的生活用品取一部分出来，分给穷人。果然，广大人民的生活有了改善。

五天过后，汗回来了。临时的汗把自己过去五天所做的事对他说了一遍，汗听后非常生气。

临时的汗在交回王位时，又召集全国人民，当众宣布："我只不过是个临时的五天的汗。喏！这才是你们真正的汗，现在他回来了，我该把王位交还给他了。"

听到这些后，聚集的人们立刻喊了起来："我们绝不能离开你，你是一个贤明的汗，你能解决我们的困难，公正地处理一切问题，我们需要你，不再需要原先的汗了。"老百姓们久久地喊着。就这样，临时的汗被大家选为真正的汗。

那个原先的汗非常生气，他对朋友说："人们的心变坏了，我再也不愿在这里待下去了，我一定要离开这里。"在一个晚上，他带着他的妻儿起程离开了自己的国家。

他们日夜兼程，翻过了无数的高山，涉过了无数条大河。有一天，他们走到一个山谷里过夜。第二天清晨醒来，发现四匹马都已经被毒蛇咬死了。汗看到这种情形，心里开始有些后悔了，他想：这是因为我的罪过，是老天在惩罚自己了。

无奈，只好带着妻子和孩子们步行继续往前走。

他们走了七天，在一个荒野里遇到了四个强盗。强盗们抢走了他们所有值钱的东西，连同他那年轻而又美丽的妻子。汗惊慌失措，带着两个孩子匆匆逃走了。

又走了一些天，他们的面前出现了一条大河。河上有一条渔船，船上有个老渔夫。汗对那渔夫说："请你帮我们渡过河去吧，我会给你报酬的。"

"行！但船太小，三人一起是过不去的，让我一个一个地渡你们过河吧。"老头儿回答。"好。"汗一面说一面等船靠岸后，先把小儿子放上去。老头儿把孩子渡到对岸后，对这边喊道："我要的是孩子，这个孩子我带走了，剩下的那个，你好好带着吧。"说完就带着孩子走远了。

汗望着河水想：这水可能不深，涉水过去不会被淹死的。于是，他决定带孩子一起涉水过河。下到河里不久，他那唯一的孩子就被水浪卷走了，自己挣扎着勉强渡到了对岸。他在岸边坐了很久，心想：我吃的这些苦，遭的这些难，都是自己作孽的缘故。他心里真是悔恨至极呀。

他又继续往前走了一些天，看到了一个很大的城堡。他累极了，不由自主地倒在路边一堵破墙的阴影下睡着了。

再说这个国家的汗，正好在他到达前三天死去了。这个汗生前没有孩子，他临终时对大臣们说："我死后，把养在王宫里象征幸福的鸟放开，让它自由飞翔，幸福鸟落在谁的头顶上，你们就推举谁为这个国家的王。"

汗死后，遵照他的遗嘱，大臣们放开了幸福鸟。但是三天来，大臣和将士们费尽了脑汁也无法使鸟远飞，它顶多就是飞过人群落在王宫的花园里。大臣们感到非常奇怪，最后决定派卫兵去把全体国民都召集到王宫来，待幸福鸟来选择。

国内所有的人，不分男女老幼，都聚集到了王宫里，幸福鸟却仍然一动也不动。大臣们更加为难了，他们问卫士们："国内所有的人都来了吗？还有没叫到的吗？"

卫士们回答："我们自己国家的人都到齐了，没有一个漏下的，但是我们在东边的大路旁，看见一个陌生人，他正躺在一堵残墙阴影下睡觉。我们叫醒了他，但他不愿当汗。"

卫士们的话音刚落，三天来一直不肯远飞的幸福鸟突然向东方飞去，不偏不倚正好落在那个躺在墙脚下的外乡人头顶上。人们立刻对那人欢呼起来："你就是我们的汗了，幸福鸟选中你了！"一边说着，一边就把他簇拥了起来，也不管他是否愿意，引着他一起回到王宫，登上了宝座。

这位新汗登基的头三天，任何旨令都没有发，他只是沉默着，在认真地、仔细地思考：我过去做过汗，因为当时没能公正地处理国家事务，我被迫离开了王位，背井离乡，失去了爱妻娇子。而现在我又当上了汗，如果不改变过去的做法，历史定将重演。他决心痛改前非，全心全意地把国家治理好，决不辜负百姓们的期望。他开始治理国家了。首先，他到人民中去进行全面的察访，详尽地掌握了人民的生活状况。然后，他又拿出国库中的一部分财物，用来救济生活贫穷的人，并且严惩了一批盗贼、无赖和不法之徒，使人民能够安居乐业。因此，他赢得了全国人民的尊重和爱戴。

几年过去了，汗一直没有再娶妻，过着孤独的生活。一天，汗的两位大臣劝他说："陛下，请您抛弃这种单调的生活吧，我们将为您寻找一位美貌的女子来。"这位陷于极度悲痛中的汗回答："我不想娶妻，我永远也忘不了我原先的妻子，任何其他的女人我都不需要，你们只要给我找一个贴身侍童来就行了。"

大臣们得到汗的命令，就到处寻找起来，不久就找到了一个十五岁左右的孤儿，他们把孩子带进王宫交给了汗。这个孩子能够出色地干完汗交给他的各项琐事，但很少说话。他对汗恭敬而又疏远，使得汗依然很寂寞。所以大臣们又来劝汗娶妻，汗却对他们说："这样吧，我的侍童一个人很孤单，你们再给我找一个和他差不多的孩子来吧，那样也可以使我少想念我自己那失去的孩子了。"

大臣们遵照汗的旨令又找来了一个十二岁左右的孩子。

现在汗有了两个侍童，闲下来的时候，他们三个人可以在一起谈谈话了。又过了些日子，当宰相又来劝汗娶妻时，汗说："我不愿再娶妻子了，我不是早就告诉你们了吗！不过，你们要是愿意的话，就给我去买一件叫'奇怪'的东西来吧？"宰相听后就派两个大臣去为汗买叫"奇怪"的东西。

两个大臣为了买"奇怪"，找遍了所有的街道和市场。"你们这里卖'奇怪'吗？"他们到处打听，但是被这两个大臣问到的人都不明白是怎么回事。两个大臣为汗买"奇怪"的事，很快成为新闻传遍全国，因此这位汗就被大家称为"怪汗"。

我们现在再来讲讲怪汗的妻子被强盗掠去后的情况。四个强盗把怪汗心爱的妻子抢走后，一路上她的美貌把四个强盗都迷住了。他们各不相让，都坚持要独霸她为妻，最后相持不下，就决定用对打的办法，谁最后取胜，她就归谁。到了晚上，他们把女人带到那最后取胜的强盗住处。

"你如果不肯依顺我的话，我就要你的命！"那个胜利者威逼她说。

"我宁愿死也不会做你的妻子！不过我恳求你，在杀死我以前，给我一点儿时间，我将再做一次最后的祈祷，诉说诉说我最后的心愿。"

"好吧。"强盗答应着和她一起走出房间，监督着她做祈祷。女人悲戚地向苍天哀诉着,突然,得到了苍天的回答:"哪个人如果敢再娶这个女子,我将使他变成一头蠢猪!"

那个在一旁监视的强盗听到老天的声音,吓得再也不敢对女人无礼了。他战战兢兢地对女人说:"我以后再也不敢欺负你了,你说怎么样就怎么样。我真不该把你从你丈夫那里抢来,现在,我发誓一定要把你送到你心爱的丈夫身边。"强盗恢复了人性,改邪归正了。为了把女人送到她丈夫那里,强盗准备好了两只大箱子,对女人说:"如果让你抛头露面地和我一起去找你丈夫,那么一路上会给我们带来很多不必要的麻烦。所以,我想把你装在这只大箱子里,另一只箱子里装上你的一切用物,我挑着两只箱子沿路寻找你的丈夫,你看好吗?"女人同意了他的做法,于是他们就出发了。他们走了一年又一年,过了一城又一城,吃了很多苦,但一直没有找到女人的丈夫。强盗挑着担子不停地走着,路上凡是有人问起箱子里装的是什么东西时,他总是回答:"奇怪。"

这一天,怪汗派出的两个大臣一听说"奇怪"两个字,高兴极了。他们迫不及待地说:"如果这真是'奇怪',那么我们买下了。我们正是被汗派出来买'奇怪'的,多少年来一直没找到。"

在大臣的带领下,强盗把箱子抬到王宫。大臣们对汗说:

"尊敬的汗,遵照您的旨意,我们把'奇怪'给您带来了。"

"'奇怪'的主人是谁?把箱子打开吧,让我来看看。"

"不,陛下,现在暂且还不能打开。我还有很多话要对您说,等我把话说完了,您才能打开箱子。我的话只能对您一个人说,请您先把这放着'奇怪'的箱子交给一个您最信任的人替您守一会儿,千万不能让任何人把箱子打开。"强盗郑重地对汗说。

汗就把装有"奇怪"的箱子交给了自己的两个侍童看管,又屏退大臣和侍从们,强盗这才开始了和汗的长谈。强盗把过去干过的一切抢劫活动对汗详细叙述了一遍,特别是装在箱子里那个妇女的被掠经过及后来的祷告、苍天的许诺以及后来挑箱沿途寻找,直到碰到两个大臣来到王宫为止。

再说两个孩子,自从到了王宫后,经常在一起私下攀谈,但他们之间从未透露过自己的身世。现在两人守着"奇怪",闲着无事,便开始了私谈。

箱子里的女人听见了两个孩子的对话。她发觉孩子们叙述的经历很多和自己经历过的事情一样,就断定了孩子们所说的母亲正是自己,而他们俩正是自己朝思暮想的孩子。于是她再也忍耐不住了,在箱子里喊了起来:"快把箱子打开,我就是你们的母亲,我亲爱的孩子们,终于又能见到你们了!"

寻找怪物的汗

孩子们听到喊声，立刻打开箱子，母子三人悲喜交集，发疯似的亲吻、拥抱。笑声、哭声、喊声交织在一起，惊动了卫士们。当卫士们看到这种情况，正准备惩罚这两个敢于私自打开箱子的孩子时，忽然听到一阵急匆匆的脚步声，原来是怪汗听了强盗的叙述后就从外面飞跑进来。汗高兴得不禁眼泪夺眶而出，他终于和自己的妻儿重新欢聚一堂。他把全国的百姓召集起来，开诚布公地把自己如何因为治理国家不公正而遭受的种种磨难，怎样丢失妻儿，一家人四处失散，怎样度过多年的孤独生活，后来再次当上汗又怎样决心不忘前车之鉴等详尽地述说了一遍。现在找回了一家人，他决心今后和大家一起，使国家日益强大，人人安居乐业。

蔡琼萍　翻译整理

轻信的山羊

夏天,一只干渴的山羊在草原上转着找水喝。找着找着,在一个陷阱边上见到一只不小心掉下去的狐狸。山羊见狐狸在陷阱里静静地躺着,很是奇怪,问狐狸:"哎,我说狐狸老兄,您这是怎么啦?掉进了陷阱,不快设法逃出来,还悠闲自在地躺在里面干什么?"

狐狸本来想从陷阱里跳出来,跳了多次,跳累了,才躺在坑底喘息的。现在听山羊这么一说,倒真的摆出一副悠闲自得的样子,伸了伸腿,说:"你说什么,我的山羊兄弟,谁掉进陷坑里了?就让我先在这里面待一会儿吧。这么热的天,猎人是不会出来的!哎,说实在的,这几天的天气也真够坏的。我在草原上差点儿没被闷死,又热、又渴、又闷得难受。好不容易我才找到这么个凉爽舒适的地方,不单有清凉甘美的泉水,还有新鲜脆嫩的芳草。我真舍不得离开这儿……"

山羊在上面听着狐狸的絮叨,仿佛真有一股芬芳的冷气从陷阱里飘出来,巴不得也跳下去喝几口清凉的泉水解解渴,凉快凉快。于是,他打断狐狸的话,说:"哎,我说狐狸大哥,您先停停。我不知道您是专门在里面凉快的,还以为您掉进陷坑了呢!既然您那儿那么舒适凉爽,我下去凉快凉快行吗?"

狐狸见山羊相信了自己的话,故意迟迟疑疑地说:"啊,你,这……好吧!咱们是多年的朋友了,就让你来一起享受享受这难得的幸福吧!不过,你可不要再告诉……"

山羊一听,不等狐狸说完,"扑通"一声跳进陷阱里。

狐狸见山羊跳下来,不等他站稳,立即爬到他的身上用力一纵,跳出了陷阱,然后对山羊说:"你这个愚蠢的家伙,连我狐狸都认不出来了,那就一辈子在里面享福吧!再见,祝你永远舒服!"

山羊听了狐狸的话,吓出了一身冷汗,又发现陷阱里不单没有什么清泉、芳草,反倒比草原上更加闷热,想让狐狸救他。可是,狐狸早已跑得见不到影儿了。

焦沙耶　搜集翻译
张运隆　整理

岩麦戛的奇遇

在一个边远村寨的破烂茅草房里住着母子两人,生活非常贫困。母亲没有钱给孩子买布缝衣服,从生下来的那天,就只得用干笋叶裹身,直到学会走路。因此人们就给这个披笋叶的孩子取了一个可怜的名字,叫岩麦戛[1]。岩麦戛像压不死的竹子,在苦难中挺拔成长。他做事勤快,对人诚实,心地善良,寨子里的老人都很喜欢他,寨子里的青年男女也愿意接近他。

沙铁[2]家的儿子相罗,依靠着父母的钱财,好吃懒做,游手好闲,人虽长得不错,但什么活计都不会做,谁也不愿接近他,小伙子们去串姑娘也不愿同他一道走,他显得很孤独。

有一天,相罗找到岩麦戛,说:"今晚请你陪我去串姑娘,答不答应少爷我的邀请?"岩麦戛早知道沙铁儿子的为

---

[1] 岩麦戛:当地意为笋叶遮身的穷苦人。
[2] 沙铁:当地意为富有的人。

人，实在不想跟他玩耍，但他和母亲是靠租种沙铁家的田地过日子的，这人得罪不得，就勉强答应了。

晚上，相罗就来催岩麦戛一同去串姑娘。岩麦戛便拿起破旧的披毯，跟随他走了。在那寨边的大青树下，传出来姑娘们的欢声笑语，优美动听的歌声，使人听了心醉。相罗像一只饿老鹰一样，立即扑向了这伙多情的姑娘。但是，姑娘们见到是沙铁的儿子相罗，互相挤挤眼睛，不约而同地四处躲避了。

岩麦戛自知家庭贫穷，身上的毯子也破烂不堪，根本无心串姑娘，独自远远地站在树荫下。这时，躲避相罗的几个姑娘发现了他，都高兴地呼喊他的名字，还大方地用歌声逗岩麦戛和她们对歌。有一个姑娘用披纱蒙着半边脸对他唱：

绿茵茵的翠竹子啊，
你为什么独自在一旁？
难道爹娘没给你胆量吗？
也不敢来闻一闻花的芬芳！

姑娘那亲热而又开朗的山歌，弄得岩麦戛很不自在。他的歌子埋藏在心窝里，他的爱情假若倾泻出来，就好比山泉一样奔流不息，可是忧愁压住了他心中的欢乐。多情的姑娘们对他唱啊唱啊，突然使他抛弃了忧愁，他也向姑娘们吐露出真情。就这样，岩麦戛和姑娘们唱了一晚上，沙铁的儿子相罗却在一边被冷落了一晚上。从此，相罗对岩麦戛嫉恨在心。

歹毒的相罗什么害人的事都干得出来。一天，他叫几个帮工到森林里的小路上挖了个很深很深的陷坑，又在坑口做了伪装，然后跑到岩麦戛那里，假惺惺地对岩麦戛说："岩麦戛呀我的好伙伴，今天你陪我去山上打野鸡好不好？"好心的岩麦戛想不到相罗的黑心肠，随口就答应："我也正要上山砍一担柴，明天挑到街上卖，那就一同上山吧！"岩麦戛出了门，相罗就引着他直往有陷坑的那条路走。走着走着，快要到伪装的陷坑时，相罗就装模作样地对岩麦戛说："我的肚子疼得厉害，你先走一步吧！"岩麦戛毫不介意地大步往前走了。他像往常一样，望着路旁的野花走，望着树枝上的翠鸟走，还开心地吹起了口哨。当他走出二十庹远的时候，只听得"扑通"一声，掉进了相罗设下的陷坑。躲在一旁的相罗，看见岩麦戛掉进了陷坑，以为岩麦戛不是马上死，也活不成了，就暗自得意地转身回家了。

岩麦戛掉到陷坑后，没有跌死，也没有摔伤，竟出现了意想不到的事情。他像坐在大伞上一样，慢悠悠地往下落，越往下越亮，好像那无底洞下有另外一个天地。不知道过了多长时间,只听"咚"的一声,他落在了一座金碧辉煌的宫殿上面。原来这是龙宫,正在睡觉的龙王,听到屋顶上一声巨响,从梦中惊醒,以为做了噩梦。他又听见殿外大喊大叫,正要起身去问个究竟,就见一个侍卫跌跌撞撞地跑来报告:"大王啊,刚才从人间降下一个人来,我们已把他抓获,请大王吩咐如何处置。"龙王摸摸胡须:这个人能从人间找到来龙宫的路,并且单身闯进了我的宝殿,一定是个了不起的、很有本事的人。龙王立即传令,把人间来的青年请进殿内。

岩麦戛被鱼兵虾将簇拥着进了龙宫大殿,他有些胆怯,但有礼貌地拜见了龙王。龙王喝退了两旁的侍卫兵将,亲自请岩麦戛坐下,又说了一番道歉的话,问道:"年轻人,你来这里有什么事吗?"岩麦戛见龙王如此客气和亲切,就把自己的遭遇告诉了龙王,并请龙王送他回到人间,回到老母亲的身边。龙王听到年轻人被坏人陷害,十分同情,满口答应送岩麦戛回人间,但又挽留岩麦戛住上两天三日,帮助他操练虾兵蟹将。岩麦戛觉得龙王如此宽待他,就答应了。

就这样,岩麦戛在龙宫里帮助操练,把自己学过的拳术棍法,一样一样地传授给虾兵蟹将。龙王很是喜欢,整天同岩麦戛形影不离。三天很快过去了,龙王知道岩麦戛怀念老母亲,也不忍心再留他,就难舍难分地送别岩麦戛。在欢送的宴桌上，龙王拿出了一堆金子和银子，作为酬谢，请岩麦戛带着金银回去奉养母亲。岩麦戛感激地说："尊敬的龙王啊，你的深情比金银还贵重，我把你的友情留在心里！金银我不能带走，因为它会带来沙铁的嫉恨。"龙王听岩麦戛说得有理，又将自己的一颗护身宝石，送到岩麦戛的面前，说："年轻人啊，收下这颗宝石吧，它对你十分有用，在你遇到危难的时候，只要对它吹三吹，它就会使你转危为安，脱离困境。"岩麦戛流着眼泪收下了宝石，辞别龙王，离开了龙宫，回到了老母亲的身边。

由于宝石很灵验，要什么就变什么，岩麦戛和老母亲的生活一天天好转起来了，有了耕牛，开了新地，盖了新房，周围的穷乡亲们也分享到了宝石带来的幸福，日子过得很自在。沙铁和他的儿子相罗，不知道岩麦戛是怎样活着回来的，也不知道穷苦的岩麦戛依靠什么变得富裕起来，过上了开心的日子。他们父子俩一直在查问……

不久，岩麦戛居住的这个勐遭到别个勐的进犯，毫无准备的召王连吃败仗，节节败退，战火烧到了岩麦戛居住的地方。召王立即出榜招贤，榜上的金字是：如有人能领兵打败侵犯的敌兵，召王愿将公主许配给他做妻子，并继承王位。

对于敌兵的入侵和蹂躏，岩麦戛心急如焚。他看到召王的金榜，对老母亲说："尊敬的母亲啊，没有我们的勐，也就没有我们的村寨，更不会有您和我岩麦戛的藏身之地，我想去拜见召王，用宝石的力量，去为全勐百姓报仇，为召王雪耻。"母亲听了儿子的话，没有多说一句，只含着眼泪嘱咐儿子，要勇敢去杀敌，要平安地回来。

当岩麦戛走进王宫拜见召王，表示愿意领兵出征的时候，沙铁和他的儿子相罗也随同进宫，在召王面前诬陷岩麦戛是"乌龟想骑大象，一心想摘走宫中明珠"。但召王坚决按金榜

的旨意办事，起用了岩麦戛，命令他统帅军队出征阻挡犯兵。

岩麦戛怀揣龙王赠送的宝石，威武出征，他一路看到了在战火中逃难的人民、被杀戮的百姓、被烧毁的森林，心中充满了仇恨，不断祈祷，决心打败那些无恶不作的敌人。

敌人的兵马，像一条毒蟒一样猛扑过来，岩麦戛挺立在战马上，掏出了怀中的宝石，对着敌军，连吹三回。瞬间，只见敌军慌慌乱乱，像一座崩溃的土墙，往后倾倒，向后退败，丢盔弃甲，死伤哀号。岩麦戛命令擂起战鼓，带领兵马向敌人猛杀过去，杀得敌人落花流水，并收复了全部失地，取得了这场战争的胜利。

岩麦戛凯旋，召王亲自出城迎接，并且大摆筵席，让岩麦戛与公主成婚，还向全勐下诏，从今以后让勇敢善良的岩麦戛管理全勐大事。

沙铁的儿子相罗，本性难改，继续害人，胡作非为，乡里的百姓纷纷找岩麦戛告状，控诉他的罪恶。岩麦戛立即命令卫士将相罗抓起来，当众斩首，百姓无不拍手称快。岩麦戛还带领百姓耕田开荒，从此，这个勐渐渐繁荣富强起来。

二　旺　方佩龙　何少林　搜集整理

绿豆雀和大象

有一对绿豆雀,在草坝上的草蓬蓬里做家。春天,他们生了蛋;一天又一天,他们给蛋温暖,小绿豆雀快出世了。

一天,从树林里闯出一头大象,正对着绿豆雀的家走来,他要到湖边去喝水。这可吓坏了绿豆雀,忙飞到大象面前求告:"大象啊,请停停脚步吧!前面就是我们的家,我们的儿女快出世了,请你转个方向走吧,免得未出世的儿女被你踩死,使我们伤心。大象啊,请你转个方向走吧!"

大象不理不睬,鼻子一翘,扇扇耳朵,说:"你这小小的绿豆雀,竟敢来拦阻我!我只认得走路,哪管你家死活。滚开!滚开!要不,我就先将你踩死!"

大象甩甩鼻子,迈开阔步,一直向前走去,踩毁了绿豆雀的家,踩碎了绿豆雀的蛋。绿豆雀呵,发誓要报仇!

绿豆雀飞到阿叔啄木鸟的家里,把刚才发生的事说了一遍。啄木鸟听了很生气,忙飞到河边唤来了点水雀。大家和绿豆雀一起,飞去追赶大象。

大家追着了大象。啄木鸟落在大象头上,在大象鼻子上、眼睛旁啄了起来。"嘚嘚嘚",啄木鸟不停地啄着。大象还在嚷:"你这小坏蛋,难道眼瞎了,怎么敢欺侮到我的头上?"啄木鸟好似没有听见,还是"嘚嘚嘚"地啄着。大象的眼睛旁、鼻子上都被啄破了,流血了,不一时呀,大象的鼻子、

眼睛都烂了。

　　大象眼睛看不见，想找水喝也找不到。忽然听到点水雀在前面叫起来。大象想：点水雀生活在水上，点水雀叫，前面必定有水了。他高一脚低一脚地向前走去，到了点水雀叫的地方，鼻子一伸想吸水喝，哎哟，鼻子碰在石头上。原来点水雀不是在水里叫，而是站在石头上叫的。

　　大象的鼻子越疼，越想喝水。前面又有点水雀叫了。他想：刚才是我听错了，又向前面走去。"扑通"一声，大象从石崖上跌下去了。原来，点水雀是在石崖下面叫的。

　　因为有这个故事，傣家就有了一句成语："绿豆雀能战胜大象，是依靠朋友的帮助。"

高立士　搜集
朱德普　整理

神藤

相传海南岛七指岭下有一条神藤，它根扎千丈深，藤有万丈长，攀过七七四十九座山，越过七七四十九道溪，一直伸到浩渺茫茫的南海。勤劳的人见了它，会得到幸福；贪婪的人见了它，会受到惩罚。

据说，从前七指岭下住着一个孤儿，名叫那琼。那琼自幼就失去了父母，孤苦伶仃。父母留给他的只有一把砍刀，全凭开荒种山兰稻、摘野果过日子。

有一年天大旱，种下的山兰稻全部枯死，只得上山摘野果。那琼爬过峭岩，跨过深沟，望见前边有一片茂密的树林。那琼喜出望外，撒腿就跑。谁知"嚓"的一声，他被什么绊了一脚，摔倒了。他爬起来回头一看，原来是一条红藤把他绊倒了。那红藤又粗又大，绕山越岭，也不知道它头在哪儿、尾在哪里。那琼好生奇怪，他沿着藤的一头的方向走哇走哇，藤枝越来越粗，终于在一座山顶上，找到了藤头。他仔细一看这棵红藤，藤身长满利刺，藤头光滑，颜色深红，和一般的红藤不一样。那琼翻过无数座大山，越过无数道河谷，又走了七天七夜，才在南海边上找到了藤尾巴。只见红藤枝蔓缠绕，攀崖附壁，一直伸入南海里。他想，这根红藤，要是把它砍下来编箩筐倒是不错。他挥动砍刀刚要砍，又想到这红藤和自己一样孤苦伶仃，就不忍砍它，反而同病相怜，禁不住哭了起来。突然红藤对着那琼说话了："亚侬，你哭什么呀？"

那琼感到十分奇怪。这时有一位白发银须老人，手执藤拐杖出现在他跟前。

那琼问："老爷爷，你是干什么的？"

"我是七指岭上的藤公。谁向我提出要求，我都能满足他。说吧，你有什么要求？"

那琼见老人和蔼可亲，便将自己的身世和渴望风调雨顺、山兰丰收的愿望告诉了他。老人听了频频点头，一刹那就不见了。

那琼半信半疑地回到家。晚上他做了一个梦，梦见白发银须老人对他说："亚侬啊！你不要发愁了，你的山兰稻已经成熟了，明天你就去收割吧。在每棵稻头旁还有一块银子，你捡回来，去盖房子、娶老婆，过幸福日子吧。"

第二天一早，那琼来到山兰地，果真山兰稻子熟了，金澄澄的。那琼十分高兴，再走近稻头一看，一点儿不假，每棵稻头都有一块银子。

那琼有钱了，盖起了房子，娶了老婆，男耕女织，丰衣足食，生活过得甜滋滋的。

木棉开花红满坡，那琼发富的消息一传十、十传百地传开了。七指岭峒的峒主帕公爷听到了这消息，他二话不说，

便派家丁把那琼抓来审问，追查他是怎么发富的。那琼开头死也不肯说，帕公爷威胁道："你不说也好，我要派人把你的家产，连你的老婆一起带走。"那琼感到走投无路，便把巧遇神藤的经过说了出来。帕公爷财迷心窍，听了那琼一番诉说，简直如获至宝。

第二天一早，帕公爷吩咐家丁给他磨好砍刀，换上那琼的衣服，把自己打扮成那琼的模样，带上砍刀，来到红藤旁边，放开喉咙干哭。

"亚侬呀，你哭什么呀？"帕公爷回头一看，一个白发银须老人已站在他的身边，猜想他就是藤公，忙点头哈腰地说："亚公啊，上次你给我的财宝都花光了，现在我又无米下锅了，请你再帮个忙吧！"老人看了他一眼，慢吞吞地说："好吧！满足你的要求，你回去吧。"

帕公爷一听，连滚带爬地跑到那琼的山兰园。嚋，果然在每棵收割了的山兰稻头旁边，都有一块银子。帕公爷乐得合不拢嘴，连忙把家丁唤来，替他捡银子，足足捡了三大箩。可是他还不满足，暗自思量：若是把这棵神藤移到家里，不是要多少银子就有多少吗？主意已定，他领着家丁前呼后拥地上山来。帕公爷一声令下，家丁哪敢迟慢，七手八脚地就挖呀锄呀，可是说来奇怪，当他们每挖一锄，锄头嘴就倒翻了过来，怎样挖也挖不着神藤。

帕公爷狠狠心，抽出砍刀，说道："神藤啊神藤！委屈你一下，跟我到帕公家去吧！"说着，他"嚓"的一声往下砍。哪料，刀还没砍到藤上，粗壮的神藤就地一卷，像条大蟒蛇一样，把帕公爷拦腰缠住，凌空一甩，把这个贪得无厌的家伙，扔进了波涛汹涌的南海。

张新崇　舒文辉　整理

擂　鼓

螳螂山下有一个财主,他很有钱有势,不只百姓怕他,周围的大小峒主头人也都得听他的。他对人说话表面笑嘻嘻的,但心地却比蝎子还毒,因而人们给他起了个绰号叫作"笑面狼"。

笑面狼为了表现他阔气大方,每年九月初九,都邀请周围的大小峒主头人和百姓到他家做客,端出九十九坛酒来喝,杀九十九只猪牛羊来吃,吃饱喝足后让人替他捧场。

这年九月九又到了,人们照例都到笑面狼家做客。笑面狼对大伙说:"今年请大家来喝酒,顺便告诉大家一个好消息:我家得了一头三条腿的宝牛,你们信不信?"

"那还用说,大爷说话哪有假的?是大爷的福啊。"峒主头人异口同声地说。

"你们知道吗?那头三条腿的宝牛是我家母猪生的。"笑面狼得意地说。

"当然啰,这只有大爷家才有福分养出这头母猪。"

明知笑面狼说的都是谎话，但大家怕他，只好七嘴八舌地附和着。

笑面狼见没人敢得罪他，更加得意地说："我家的公鸡也能下蛋，母鸡也会鸣啼报晓哩！"

这明明是胡说八道，但为了讨好笑面狼，大家也照例捧场。

这个说："大爷从来都是说真话的。"

那个说："就是嘛，这些宝贝只有大爷家才能养。"

"我上面说的都是假的。"笑面狼"哈哈"地笑起来了。

大伙一听先是一愣，接着又是一阵附和声：

"我早说这是假的嘛。"

"世上哪有这类事，大爷说的哪是真的。"

"……"

"你们这伙人的脑袋这么笨，只好拿来当鼓擂。"

"是的，是的。"

"只好当鼓擂。"众人有点儿害怕了，但也不得不跟着说。

笑面狼这时拿起一块牛骨头，挨个地在每个人的头上敲起来，嘴里还"咚咚"作声，并问："这鼓很响吗？"

一个个脑瓜儿虽然被打得很痛了，但口里还得说："是，很响，很响。"

只有年轻的小长工阿文一声不响地坐在角落里。笑面狼见阿文没有作声，就问："阿文，你为什么不回答？"

阿文还是不说话。

"我说得怎么样？你说说看。"笑面狼耐着火气问。

"还用问，你有钱有势，放屁也是香的，拉尿也是方的。"阿文头也不抬地回答。

一个小长工竟敢不顺从，笑面狼当然不会饶过的。他暗地里指使几个爪牙，要他们设法除掉阿文。

阿文也料想到笑面狼是不会放过自己的，因而当天他就离开了螳螂山，到很远很远的地方去了。

阿文出了山区，到了平原，由于他又聪明又勤劳，人们很喜欢他。他边给人家干活儿边读书，三五一十五年过去了，阿文成了大小伙子，由于他勤奋学习，考上了县官。

这一年九月初九，阿文带着随从回到螳螂山。笑面狼和大小峒主头人，为了巴结上面来的这个大官，赶忙杀猪杀鸡准备酒宴，并且到半途迎接。

笑面狼陪着县官进酒席，他哪里知道，这个县官就是十五年前的小长工阿文呢？

县官对着前来参加宴会的人说："本官这次上京路上，看到人家杀了一头很大很大的牛，他的皮可以盖住这座螳螂山。"

笑面狼和峒主头人都齐声说："是啊，真有这么大的牛。"

县官接着说："在回来的路上，又看见人家锯倒一棵像螳螂山那么大的树。"

日月潭的独木舟

"是、是，就是有这么大的树嘛。县老爷见到的一定不假。"又一阵附和奉承声。

"人家又把树锯断，挖空树心，蒙上那张大牛皮，制成一面特别大的牛皮鼓。"县官说。

笑面狼抢先奉承说："这面鼓当然像螳螂山那么大啰！""那当然，这面鼓擂起来，很远很远都能听到'咚咚'地响。"峒主头人也赶快连声奉承。

县官这时收起笑容，厉声说："你们这群废物，世上哪有这么大的牛和树哇？"笑面狼和财主们吓得目瞪口呆，哭笑不得。他们知道事情不妙了，可是口里还说："是没有，是没有这么大的牛和树。"

县官指着这伙人说："你们的脑瓜儿只能当鼓擂。"笑面狼和财主们知道祸事来了，要挨打了，个个身子抖得像筛米，一句话也说不出来。县官叫随从拿来一个大鼓锤，首先在笑面狼头上"咚、咚"地用力擂起来。开始笑面狼口里还应着"很响，很响"，连打了九下，就听不到回答了，他被擂昏啦。

峒主头人们见了，个个害怕得满身流大汗，可是他们的脑袋还是被重重地擂了几下。

在笑面狼和峒主们的脑瓜儿被擂时，到这里来看热闹的人们都齐声说："这鼓很响，要用力擂呀！"

张应勇　搜集整理

孤儿与小人国

　　从前,有一个勤劳勇敢的孤儿,长大后娶的妻子不仅生得聪明美丽,而且还有一手绩麻织布的好手艺。夫妻俩男耕女织,恩恩爱爱,过着幸福的日子。

　　村子里有个老财主,朝思暮想盘算着要把孤儿的妻子弄到手。狗腿子一眼看透了老财主的心事,便献计害死孤儿。他们知道孤儿从小生就一副侠义心肠,就激他到卧虎洞去打虎。听说卧虎洞有老虎伤害过往的行人,孤儿二话不说,背上弓箭就跟着狗腿子去寻虎。太阳偏西时,他们赶到了卧虎洞,洞口不大,里面却是个深不见底的大风洞。狗腿子装模作样蹑手蹑脚地向洞口走去,孤儿紧跟在后,寸步不离。到了洞口,狗腿子顺势猛推一把,孤儿就跌下了万丈深洞。

　　说也奇怪,就在孤儿坠落下去的时候,远远飘来几朵彩云托在孤儿的脚下,护着他徐徐下降。当孤儿听到耳边的风声停了时,眼前突然一片明亮。原来他已经落到了一个地下的国度。这里有高山平川,有森林草地,头上还有耀眼的太阳，与洞外的世界一般无二。

孤儿在路边的一块石头上坐下，想到妻子的安危，不由得打了个寒噤：自己被推入另一个世界，怎样去救护妻子呢？他焦虑万分，站起身来向前方急步走去。到了路尽头，只见一边是郁郁葱葱的森林，一边却是个村镇模样的地方。房子只齐腰高，一排排，一层层，数也数不清；小人儿出出进进，只有一拃来高；房顶的瓦片十分特异，全是用荞面做成的，一块瓦就是一块荞面粑。当孤儿突然出现在这些小人儿的面前时，就像水开了锅似的，小人儿们乱作一团，东奔西跑。孤儿低声地说："小人儿，我是个落难人，我是从洞外世界跌落下来的不幸人。"小人儿们听了他的经历，又惊又喜，把孤儿当作高贵的客人来款待。酒、菜、饭摆满了一地，酒杯用的豆粒皮，饭碗用的栗果壳，孤儿一口喝了九十九杯酒，一嘴吃了七十七碗饭，小人儿们吓得目瞪口呆，不知该怎样招待这位洞外世界的大客人。日子长了，孤儿实在禁不住饥肠的折磨，就开始揭小人儿们住家的瓦片来充饥。

孤儿天天吃小人国的瓦片总觉得过意不去，于是就住进森林，在森林里打鸟雀、抓竹鼠，还经常煮些熟肉、晒些干肉带给镇上的小人儿们。时间久了，孤儿的朋友越来越多，小人儿们有什么困难，孤儿也没有不去帮忙的。有一天，小人国国王去山上打猎,不巧碰上了一只豪猪。随行的兵将被豪猪冲撞得人仰马翻,死的死,逃的逃,国王的卫兵只剩了几个人,还被紧追不舍。正在万分危急的时候,正好碰上孤儿找野菜回来。孤儿让过国王,看准豪猪的来路,朝他的鼻子轻轻一棍,就结果了豪猪的性命。为了感谢孤儿的救命之恩,国王经常宴请孤儿,两个人变成了十分要好的朋友。镇

上的小人儿们也就更加敬重孤儿了。

妻子不在身旁，孤儿免不了朝思暮念。后来孤儿用竹鼠骨做了个精巧的笛子，借悠扬的笛声传达他的相思。笛声婉转动听，传到了森林的深处，传到了镇子的上空。小人儿们十分同情孤儿的遭遇，但又无法分担他的悲伤。这事后来传到了国王的耳里，为了帮助孤儿重返家园，国王派了九十九个使臣，不分昼夜地去请遨游太空的鹰王。鹰王来到了小人国，答应了国王的请求，并和孤儿见面，商定了启程的日子。

鹰王是邻国飞禽之王，飞起来九天九夜不落地。孤儿拜别了国王和镇上的百姓，照着鹰王的嘱咐，不几天就准备好了鹰王路上的干粮：七簸箕干肉块。一个晴朗的早晨，鹰王驮着孤儿上路了。他们一圈一圈地向上飞旋，冲向九霄。鹰王转一圈就啄食一块干肉块。当临近洞口时，肉干耗尽了。孤儿急中生智连声地说："鹰王！鹰王！快来啄食我的肉！"说完伸出了左臂的腋窝。飞了一圈，孤儿又伸出了右臂的腋窝。再一圈就要到洞口了，孤儿伸出了左腿，亮出了左边的脚肢窝。只差半圈了，孤儿又伸出右腿，亮出了右边的脚肢窝。鹰王吃了孤儿身上的四块肉，终于飞出了洞口，把孤儿送回了家乡。

孤儿拜谢了鹰王，匆匆地向家奔去。只见满目凄凉，松板房拆掉了，地基上丛生着蒿枝，孤儿明白妻子已经被老财抢走了。他怀着满腔的怒火，绕到了老财的房后院，翻过矮墙，躲在一棵大树后。斜对面的屋里影影绰绰地坐着一个织布的女人。孤儿的心扑腾扑腾地跳着，轻轻地向前移动了几步。定睛细看，那正是自己心爱的妻子，她低着头，弯着腰在折叠着刚刚下机的新布。孤儿慢慢地退回到树后，拔箭拉弓，向织布机瞄准射去，箭不偏不倚正中织布机。孤儿的妻子吓了一跳，直到认清是丈夫的箭矢时，才激动地站起来，再看看箭尾的方向，转过身来向矮墙跑去。孤儿接住妻子，两人紧紧地拥抱在一起。从此，他们离开了世代居住的家园，逃出了老财的辖区。

盖兴之　胡　贵　搜集整理

小孩儿和老虎

　　从前，有个小孩儿，父亲早已去世，家里有一个年老的母亲。他每天到山上去砍柴，换点儿苞谷荞麦供养母亲。有一天，他在大石岩下面砍好了柴，准备背回家去，可是木柴很重，抬不上去。就在这时，林中突然蹿出一只老虎来。这老虎一见小孩儿，便大吼一声，说："好哇，我已经好多天没有东西下肚了，今天你来得正好。"小孩儿听了，就对老虎说："我家有个年老的母亲，她等着我背回柴换点儿食物给她吃呢。你若要吃我，那就先帮我把柴拉上石岩，等我把柴背回去换点儿东西留给老母亲后，你再来吃我好了。"老虎听后，说："好，就这么办吧。"说罢，他不费一点儿力气，就把木柴拉到岩上，然后对小孩儿说："你快背回去吧，晚上我就到你家来吃你。"说完，就溜进密林中去了。

　　小孩儿背着柴，一面哭，一面走着，半路上遇着一个鸡蛋。鸡蛋问："小孩儿呀，你为什么哭哇？"小孩儿伤心地回答："晚上老虎要来我家吃我。我死了，我那可怜的老母亲没有人供养，所以我伤心啊！"鸡蛋听了，说："你不要怕，也不要伤心，晚上我来帮助你。"小孩儿想：一个小小的鸡蛋，能帮我什么呢？

小孩儿愁眉苦脸地慢慢往回走，走了一段路，又遇到一张羊皮。羊皮见小孩儿就关心地问他："小孩儿呀，你以前走路跑得快快的，今天为什么这样慢吞吞的呢？"小孩儿回答："晚上老虎要来我家吃我。我死了我那老母亲就无依无靠了，所以我难过呀！"羊皮听了，安慰小孩儿说："小孩儿

呀，你不要怕，也不要难过，晚上我会来帮你的。"

小孩儿又往前走了一段路，仍然伤心地哭着。这时，迎面走来一匹马鹿和一条猎狗，他们齐声问小孩儿："小孩儿呀，你为什么背着柴哭呢？"小孩儿又把哭的缘由讲给他们听。马鹿和猎狗听了都很同情小孩儿，便宽心他说："不要怕，也不要哭，晚上我们都来帮你的忙。"小孩儿就这样闷闷不乐地回家去了。

这天，天黑之后，鸡蛋、羊皮、马鹿和猎狗都来到小孩儿的家里。他们叫小孩儿和他母亲躲起来，然后，鸡蛋钻进火塘灰里，羊皮躺在门外，马鹿和猎狗躲在房外树丛里。

过了一会儿，老虎果然来了。他张着大口，蹿进屋里去寻找小孩儿，刚到火塘边，火塘里的鸡蛋"嘣"的一声爆炸了，炸瞎了老虎的一只眼睛。老虎痛得大吼大叫，一步跳出门外，又一脚踩在羊皮上，"咚"的一声滑倒了。这时候，马鹿蹿出树丛，扬起蹄子踢瞎了老虎的另一只眼睛。老虎双眼流血，痛得吼叫着打滚。猎狗便趁机纵身扑过去，一口死死地咬住了老虎的咽喉。小孩儿见此情景，也拿着长刀冲过来，狠狠地朝老虎的头上砍了几刀。凶恶的老虎蹬了几下腿，就断气了。

李　兴　密英文　搜集整理

白茶

浙江云和县有座很高很高的大山，叫赤木山；赤木山上有个很小很小的山岗，叫金香岗；金香岗中间有个很深很深的山洞洞，这就是石乳洞；石乳洞前面有眼小山泉，是浣香泉，这泉眼里冒出的一股山泉水呀，真个是常年不竭，甘寒清冽，甜丝丝地喷香。就在浣香泉南边山茅草的破寮子[1]里面，曾经住着白茶仙姑蓝二婶婶。

二婶婶啊二婶婶，蓝二婶婶可苦呢，没公没婆没丈夫，三十二岁上就守了寡，种些山货，砍点儿山柴，到市镇上去调油换盐，拉扯着三岁的女儿山明过日子。

一天午上，蓝二婶婶在寮旁不远的山坡坡上，正用钩钩儿拉枯树枝儿，猛一眼见着个枯瘦巴巴的老瘘和尚[2]，靠在山爪松[3]上白瞪着眼儿，唇焦脸黄地扑簌簌直掉眼泪。

---

[1] 寮子：房子。
[2] 老瘘和尚：背有点儿弯的年老苦行僧。
[3] 山爪松：盘转像手指那般弯曲的小松树。

蓝二婶婶三脚两步地赶过去，问这问那。老瘩和尚身子都没法挪动挪动，哪能张口哇，病得太沉重啦，怎么办呢？

蓝二婶婶思来想去，唤人吧？周围都是山岗岗，三里五里都没户人家；让他躺着吧？不上夜，豺狗就能把他撕得粉粉碎，真犯难哩！

蓝二婶婶思来想去，看看和尚两眼都快合拢啦。嗨！有啦！她紧忙跑回寮里，拿条长长绳索儿、宽宽的板，还拎着半竹筒的山泉水，一颠一颠向外跑。山明见到了，连连嚷道："妈呀妈，你哪儿去呀？"

"去救人。"

"救人我也去。"

山明蹦蹦跳跳在后面跟着。

蓝二婶婶先向和尚嘴里灌点儿山泉水，停会儿，老瘩和尚睁开了眼，微微地吐口气。蓝二婶婶叫山明帮着，把和尚移上板，用绳索缚住，拉回破寮里，铺点儿山茅草，让老瘩和尚睡下。

这老瘩和尚可怪呢，喝了一天山泉水就能活动啦。以后每天都用山泉水煮些草叶喝，什么也不吃，却脸红睛乌壮实起来，精神好旺盛。

老瘩和尚从腰带筒里倒出些种子，在寮前寮后种上，天天用山泉水浇。

一天过了又一天，一天过了又一天，整整地过了三百天，种子发芽、生枝、吐叶啦。老瘩和尚把嫩叶摘下，放在锅里用手炒，再搓，再揉，再烘焙干，放进细腰葫芦里面。

这天山明突然身烫眼红肚皮疼，躺在床上直打滚。蓝二婶婶急得抓耳搔腮拍脑袋，心像裂了。老瘩和尚忙泡草叶水给山明喝，不顶用，也急啦，就取过砍刀，跑到浣香泉旁边那株小树下，用刀划开掌心，让血一滴一滴滴在树根上。怪呀！那树上的一小片一小片碧绿碧绿的叶儿都变白啦。

老瘩和尚忙摘下白叶片儿煮水给山明喝，这才止住痛，退了热。

蓝二婶婶惊异得很，什么药这般灵啊？一问，才知道是茶。

原来老瘩和尚在四川峨眉山勤修苦练五十年，只差一肚皮的香泉水，就是成不了罗汉。于是云游四方，走遍天下，千查万寻，才来到赤木山上的金香岗，找着石乳洞前的这眼浣香泉，都清清楚楚地望见泉水啦，可是"千山万湖，只差一步"啊，人却倒了下来，多亏蓝二婶婶用山泉水救活了他。

没想到老瘩和尚割破的左手掌心却慢慢肿了起来，太阳还担在山顶顶上，已经肿得像把蒲扇啦。蓝二婶婶拍胸蹬脚不安宁，山明也急得哇哇哭，老瘩和尚却嘻嘻笑道："二婶婶啊二婶婶，我三百天来饮了一肚皮的香泉水，成为罗汉了。

记住啊,照我葫芦里的茶叶样子制茶,我的茶经过云罩雾润,叫'云雾茶',煎茶喝能醒脑、明目、清胃、润肺、洗肠、通气,可治病哩!"

蓝二婶婶问:"大师父,大师父,你成为罗汉怎么样了?"

老瘩和尚说:"我要走啦,请你折枝白茶给我,请你舀碗山泉水给我。"

白茶

蓝二婶婶折来一株白茶枝,老瘩和尚用肿了的手掌擎着;蓝二婶婶舀来一碗浣香泉里的水,放在老瘩和尚面前。老瘩和尚慢慢地闭着眼,蓝二婶婶慌张起来,急忙问道:"大师父,大师父,你叫什么名字啊?"

老瘩和尚低低念道:"'此心难报婶恩惠,留株白茶照山明。'我的名字就在这副对联里面。"

说着,老瘩和尚眼一闭,坐化了。

不久,蓝二婶婶的"云雾茶"能治病的消息传开啦,不少人来求茶,尤其那白茶治病更有灵效。一粒白茶放进水里,根朝上,下面叶瓣慢慢放开,真像老瘩和尚左手捧枝,跟倒挂白莲一般,煞是好看。红火眼,气喘犬哮,百治百验,立即就好。人们求白茶的越来越多,都称呼蓝二婶婶为"白茶仙姑"。

后来白茶仙姑把老瘩和尚成罗汉的事一说,大伙儿认为白茶是罗汉赐的,就盖座庙来祭祀他。庙造好,大门口柱上写出老瘩和尚说的楹联:"此心难报婶恩惠,留株白茶照山明。"有人见了,说这是老瘩和尚讲自己的事情,"惠明"一定是老瘩和尚的名字。于是把这庙叫作"惠明寺",这白茶就叫作"惠明茶"。

卢　彬　搜集

陈玮君　整理

钟庄扮太子

清朝时候福建福鼎县畲族有个读书人,姓钟名庄。钟庄聪明饱学,写得一手好字。只因当时科举不准畲族和剃头、扛轿、吹鼓手等人应考,所以,钟庄爬了几次福宁府岭[1],都考不成。他满心愤恨,结识了一班好汉、义士,闯荡江湖,专和官府、富豪作对。他们有时摸进官府插刀留柬,教训贪官污吏;有时假冒大官显爵,出入官场,替穷苦百姓申冤。

有一次,钟庄扮作举子,求见某亲王。他相貌堂堂,出口成章,谈论国政,头头是道。亲王很器重他,连当今太子可能出宫私访的消息都告诉了他,并把他留在王府书房热情款待。他看到书房中挂有一幅当时太子写的"福"字中堂,灵机一动,就关起房门,连夜偷偷临摹,特别是"福"字左半边的"衤"旁,摹得极为相像。第二天,他辞别亲王,出了王府和众兄弟会齐,刚巧兄弟们查到福建福宁府知府贪赃

---

[1] 句意:福鼎去福宁府要爬一条福宁府岭,所以过去福鼎人去考秀才,叫作"爬福宁府岭"。

日月潭的独木舟

枉法、包庇坏人一案。钟庄一听,计上心来,如此这般说了一遍,大家点头称好。

这天,钟庄扮作京城大老板,随带账房、听差各一人,宣称从京师而来,坐轿到了福宁,包下一家大客店住下。他天天穿着绫罗绸缎,吃着海味山珍,住店多日不出楼门。茶汤饭菜都由听差捧送,只有账房先生日出夜归,不知所干何事。店主感觉奇怪,一天清早上楼偷看,只见听差捧汤水上楼,先把房门关上,然后倒入金脸盆,跪顶头上低声喊:"千岁爷,请梳洗!"店主吓了一跳,心想这个京城来的大老板,难道就是太子吗?他特地办了一桌酒菜请听差过来攀谈。听差故意醉话含糊，藏头露尾。店主越觉奇怪，赶紧禀报知府。知府也早已听人风传太子微服私访的事，听了店主禀报，就派心腹去客店侦察，回报果是太子。知府大惊，马上带领官员来到客店门前，叫店主上楼禀报，说："福宁知府带领众官员，迎接太子到府衙侍候！"钟庄得报，微微一笑，就叫账房先生下楼传旨："众官员在门前恭候，太子更衣！"于是，三人换装，钟庄扮作太子、账房扮作太子侍读、听差扮作太监，坐上銮舆轿马，由众官员前呼后拥，鸣锣开道来到府衙。

知府有个心腹师爷，阴险狡猾，诡计多端，人称"狗头军师"。当夜他对知府说："东翁！太子是迎来了，但我们还未接到上头密函，是真是假，不可不防！"知府说："那该怎么办呢？"狗头军师说："我看应该一面赶紧派人进京密报，一面设法当面试探。"知府摇头说："这可不能乱来！要想个万全之策。"狗头军师献计说："当今太子惯写'福'字，许多显官贵戚都争去求字，因此，京都各王府，或厅堂，或书房，都挂有太子写的匾额或中堂。我父曾做宫中侍奉，常带我到各王府走动，这'福'字确是写得极好，我也常常临摹，虽然学得不像，但这'福'字笔迹，我却极为熟悉，是不是趁明天宴请太子时，东翁和众官员就跪求太子赐写'福'字，替一方黎民求福。只要他写了下来，我一对笔迹，是真太子还是假太子,也就明白了!"知府听了,满口称赞:"好计,好计!"

第二天,知府衙门大摆筵席,宴请太子。酒过三巡,知府就和众官员,头顶笔砚,手捧绸幅,跪求太子赐写"福"字。"太子"点头笑笑,接笔就写,刚刚写了"福"字的左半边"礻"旁,那个"太子侍读"就急忙跪奏:"不可,不可!千岁怎可替这班赃官赐'福'?""太子"一听,把笔一丢,沉下脸来,责问知府道:"你们知罪吗?"众官员连忙叩头说:"臣等知罪,不该求千岁赐字!""太子"嘿嘿冷笑两声,嘴里朗声念道:

东家夺地伤人命,
西垅山头筑大坟,
北斗斜时成密议,
南衙枉法受千金。

知府一听,知道自己的不法行为暴露,冷汗像水泼一样流下,狗头军师拿起太子所写的半边"福"字一看,声音都发抖了:"东翁!是,是……是真太子!"知府全身像筛糠一样,连连叩头说:"千岁圣明,恕免臣等死罪!"

这时,"太子"才慢声慢气地说:"好吧!念你等十载寒窗，难得一顶乌纱遮头。只要你等立退拘拿正凶，平雪冤案，从今后改邪归正，勤劳政事，我也就不追究了！"说来好笑，这明明是一道赦旨，这班赃官却吓昏了头，还一直跪在地上叩头。还是"太子侍读"看不过，大声喝道："千岁饶了你们死罪，还不起来谢恩，赶快照旨办事！"众官员这才惊醒过来，山呼千岁，谢恩退出，赶紧拘拿杀人正凶，详文平雪申冤。为了感谢太子恩德，知府连夜召集泥工木匠，建盖一个大堂，把太子写下的半边"福"字，凑成全"福"，复摹五个"福"字，制匾挂在堂门口，叫作"五福堂"，还备了许多金银珠宝送给太子三人。

　　过了几天，四更时分，"太子"下旨，单传知府到来，当面对他说："我还要到别处微服私访，你等不必护送。如走漏消息，唯你是问！"知府领命，叩头退出。

　　又过了几天，知府派去京都的心腹密探回来说："太子并未出宫私访。"这时，钟庄等三人，早已走得不知去向了！知府等官哑巴吃黄连——有苦说不出。

　　　　　　　　　　　　　蓝　天　蓝亚青　搜集整理

日月潭的独木舟

从前,在台湾日月潭的附近山区,住着五个勇敢而机灵的猎人,他们相处得就像亲兄弟一样,常常相约到深山里打猎。

一天,他们商量着再到中央山脉去打猎,五个人备好干粮和弓箭,就很快地出发了。

晨雾笼罩着雄峻的玉山,猎人们在崎岖蜿蜒的山间小道上寻找着野兽。走过一山又一山,涉过一溪又一溪,五个猎人全神贯注地边走边搜索着。突然,从茂密的林子里窜出一只全身洁白的山鹿,它惊恐地瞪大眼睛,当它发现猎人们正张弓搭箭,立即敏捷地绕过山岗,逃进原始森林去了。

眼看着就要到手的白鹿逃走了,猎人们哪肯轻易放过?他们紧紧地追了过去,不知跑了多少路,转过多少弯,穿过层层密林,来到一个从未到过的陌生的地方。

当他们追到一座高山顶上时,只见眼前出现了一大片碧蓝碧蓝的湖水。四周山岳环抱着湖水,方圆几十里,像一面大镜子，在阳光下闪耀着奇异的光芒。湖泊分成两半，北边的一半是跟太阳一样的轮盘形状，南边的一半却被石头围成月牙形——后来他们才知道，这就是"日月潭"。

"哎呀，鹿儿泅水往岛上逃去了！"顺着一个猎人手指的方向，大家看到白鹿正拼命地向湖中的孤岛游去。那岛上草木繁盛，郁郁葱葱，远远望去，就像浮在水上的一颗绿色的珠子。五个猎人赶忙拔出带在身边的箭，拉满弯弓，瞄准白鹿射去。但已经太迟了，那灵巧的白鹿游得太远了，箭儿纷纷落在它身后的水里，溅起了点点水花。

猎人们沮丧地收起手中的弓，眼巴巴地望着白鹿湿淋淋地爬上日月潭中珠子岛边的沙滩。怎么办呢？五个人面面相觑，谁也无法泅渡到那岛上抓住白鹿。他们喘着粗气，无可奈何地望着湖上的漫漫绿波。

正当猎人们焦躁万分的时刻，其中一个名叫阿柏的青年突然喊叫起来："你们看！"大家不约而同地转过头去，只见远处的湖上有个慢慢移动的黑点。定睛一看，原来是只小小的老鼠，蹲在一片楠树皮上，老鼠细长的尾巴伸进水里，一摇一摆的，楠树皮也随着这摇摆而歪歪斜斜地向前漂动。老鼠的两只小眼睛好奇地斜视着岸边几个身材魁梧的猎人。阿柏闪动着机灵的大眼睛，高兴地喊道："有办法了，有办法了！"大家不解地望着他。他一边用手作摇橹的姿势，一边激动地说:"老鼠能用尾巴摇动着过潭,我们难道不会学它的样子渡过潭去么?"猎人们这才恍然大悟,皱紧的眉头一下子舒展开来。

五个猎人马上跑到潭边的森林里,选定一棵大树,拔出腰间佩带的铁刀,七手八脚地把大树砍倒。他们在树干中间挖了个狭长的深槽,可以坐进两个人;又把树干的两头削成尖尖的形状,砍去了树干上的其他枝叶,并取来一根细长的枝条作船橹;然后五个人齐心协力地把挖空的树干推到潭水里。

阿柏和另一个青年猎人阿塔自告奋勇地爬上挖空的树干,这第一只自己制造的独木舟开始摇摇晃晃地前进了。阿柏拼命地摇动着手中的树枝,在蓝色的湖面上划出了一道道白色的水波纹。阿塔一手紧紧地抓住船头,一手也帮着划水。不一会儿,独木舟果然渡过了碧波荡漾的日月潭,靠到孤岛的沙滩上。

两位勇敢的猎人敏捷地登上孤岛。岛上平平坦坦的,两人很快发现了那只惊慌失措的白鹿。他们同时引箭射去,血从白鹿的咽喉迸流出来,它很快倒地断了气。

把猎到的白鹿载过潭时,天色已渐渐地暗下来了,猎人们摸黑把这只又白又大的山鹿抬回村社里。村社里的人们见到五个勇敢的猎人凯旋,全部捧着酒食到村社口迎接他们。

日月潭的 独木舟

他们兴高采烈地向村社里的人讲述了追捕白鹿和制作独木舟渡潭的经过，大家对他们的聪明机智感到无比钦佩。

第二天，东方露出了白光，村社里的人们纷纷背上工具，来到森林里。按猎人们说的那样，砍伐树木造独木舟，他们干得又快又好，不久，就造出了许多牢固美观的独木舟来。从此之后，他们再也不用愁无法渡过日月潭了。

陈国强　陈小述　搜集整理

椰子姑娘

我国台湾地区的椰子树，长得非常粗壮高大。站在椰子树底下，向上望去，宽宽的绿叶像孔雀尾巴一样，好看极了；树上结的椰子，又圆又大，里边装的椰子浆，清凉解渴。关于椰子树的来历，有这样一个动人的故事。

听老年人讲，很久很久以前，台湾岛上没有河流，泉水被埋在很深很深的地下。人们口渴，只能到海边去喝又苦又涩的海水，有的离大海远的人，不等走到海边就渴死了。

在台湾南部的海边上住着一个名叫椰子的姑娘，她为了解除人们喝不到清凉泉水的痛苦，就拿着火铲到海边挖泉水。她挖呀挖，一直挖了七七四十九天，手掌磨烂了，手指也都磨得露出了骨头，直到挖了一个很大很大的沙坑，也没挖出一点儿泉水来。这时，天上的玛祖婆来到她的面前，对她说："姑娘，像你这种挖法，就是挖到死，也挖不出泉水来哟！"

椰子一听，流泪了："难道就这样眼睁睁看着人们受苦吗？"

椰子姑娘

玛祖婆说:"要解救人们的苦难,办法倒是有,可就是不知道姑娘能不能牺牲自己了?"

椰子说:"只要能解救人们的苦难,就是豁出性命,我也舍得!"

玛祖婆见椰子决心很大,就从怀里掏出一个红色的果子,对椰子说:"你把这个果子吃了,就有办法解救人们的苦难了。"

椰子姑娘吃掉果子后,立刻变成了一只美丽的大孔雀。她觉得心里渴得像着了火,难受极了,就一头扎进跟前那个大沙坑里。她使劲地摇转着头,扭动着长长的尖嘴,往泥沙里钻呀钻呀,终于把嘴和头钻进很深很深的地层下,喝到了清凉的泉水。她想把清凉的泉水含在嘴里,带回地面,送给人们解渴,可是头已被泥沙埋住,怎么用劲拔也拔不出来。她心头一急,就变成了一株大树,上身变成高大的树干,尾巴变成宽大的树叶,头和嘴变成树根,猛吸着地下的泉水。于是,这株大树的树干上面就结出了一个个装满了清凉浆液的大圆果子。

在海边找水的人来到这株大树下,摘下果子,破开后喝着里边的浆液,就解除了干渴的疾苦。因为这种果子是椰子姑娘变成的树结出来的,所以,人们都管它叫椰子。

宋一平 搜集整理

憨斑鸠与辣蚂蚁

斑鸠有两种，个子小些的叫"小乖斑"，个子大些的叫"大憨斑"。小乖斑叫起来发出"谷嘟嘟嘟！谷嘟嘟嘟！"的声音；大憨斑的叫声则是"毒哩！毒哩！"大憨斑为什么要这样叫呢？说起来还有个故事呢。

相传在很早很早以前，大憨斑有一支声音非常好听的笛子，吹奏起来，那笛声有时像大热天吹的凉风，有时又像大浪冲击着顽石，有时则像滋润着泥土的春雨，有时还像山谷里老虎在呼啸。总之，这支笛子吹起来，声音变化多端，娓娓动听，使人百听不厌。每当大憨斑吹奏起这支笛子时，天上飞的百鸟就跟着他唱歌，地上跑的野兽就在林中跳起舞来。飞禽走兽都很羡慕大憨斑有这么一支好笛子。

心地狠毒的大辣蚂蚁心想：我要是能把这支笛子弄到手，我就可以在森林中称王，好好享乐过日子了。于是，他就常常躲在树根皮的裂缝里，窥探大憨斑的行动，打着抢笛子的坏主意。

一天，大憨斑站在一棵树上吹笛子，他吹得很认真，声音很动听，自己也很快乐。这时，大辣蚂蚁见大憨斑那乐滋滋的样子，认为钻空子的时候到了，便悄悄地爬上树，瞅准大憨斑的脚狠狠地叮了一口。大憨斑疼得把嘴一张，笛子掉

落下来。正在这个时候，机智灵巧的画眉雀在旁边看见了，不等大辣蚂蚁下树，就抢先飞过去把笛子衔走了。从此，画眉雀的叫声也变得格外动听了，大辣蚂蚁的狠毒因此出了名。自那以后，大憨斑一想起大辣蚂蚁就到处咒骂："毒哩！毒哩！"

苏敬梅　刘文华　搜集

金贵的故事

借 孝

头一天，金贵刚埋了自己的母亲，第二天早上，土司的奶奶也死了。土司派人把金贵喊来，叫他去请三队芦笙、三队唢呐来开控[1]。

金贵身上还穿着孝服，头上包着孝帕，边走边想，越想越生气。想到自己母亲的丧事那般惨淡，土司奶奶的葬礼这般隆重，不禁掉下眼泪。

往常金贵有说有笑，总是乐呵呵的。当天，他一句话也不多说，盘算着如何借这些乐队来替母亲祭祀。金贵领着芦笙和唢呐队伍浩浩荡荡地来了，当路过自己母亲的坟头时，金贵就扑上去痛哭。那些吹鼓手以为是土司奶奶的坟，于是就"呼呜呼呜"地大吹起来。一些给土司送礼的亲戚，也赶

---

[1] 开控：当地祭悼的一种形式。

忙燃香、烧纸钱、摆祭品来祭奠。附近寨子以为金贵发了横财，给他妈开大控，老老少少都好奇地拥来看热闹，坟地上人山人海。

中午时分就听到芦笙和唢呐的响声，可是太阳偏西了也不见乐队到家，土司急忙骑马去看个究竟。原来，乐队和亲属们围住金贵老妈的坟正在吹奏、祭奠。

听说土司来了，乐队更使劲地吹，亲戚更放声大哭。土司上前一把抓住金贵问："请芦笙、唢呐来给我奶开控，还是给你妈开控？"

金贵挂着满脸泪水说："路过我妈的坟前，我伤心了就哭了起来。我可没有叫芦笙、唢呐来吹奏，我也没有叫你的亲戚来祭奠！"

芦笙、唢呐队和亲戚朋友都赶忙毕恭毕敬地向土司道歉："土司大人，真对不起。我们见金贵一身挂孝，倒在坟上痛哭，都以为是奶奶的坟哩！"

"住口！还不快点儿收拾跟我走！"听土司这么一吼，大家才畏畏缩缩地到土司家去了。

七星鱼变老蛇

金贵一边给土司放牛，一边去水塘里摸七星鱼，不一会

日月潭的独木舟

儿就摸了一大串。土司过来看见了，分外眼红。

土司紧跟在后边看着，金贵越摸越起劲。他将手伸进一个石洞，摸到一条肉乎乎的圆形东西，晓得是一条大老蛇，于是轻轻抽回手臂，慢慢地用块石头掩住洞口，装着十分高兴的样子，大步跨上塘埂，提起那串鱼就往家跑。金贵的一举一动，土司看得清清楚楚，见金贵跑了，就大声地问："金贵，你不看牛，还跑哪里？"

"那石洞里有条大鱼，这根篾条穿不起，我回家去拿个竹篓来装。"金贵头也不回，边说边跑。

贪心的土司信以为真，急忙挽了裤脚，卷起袖子，下塘去搬开洞口的石头，伸手进洞里摸。他摸到一条老蛇身上，以为是大鱼，就使劲地抓住。老蛇受不住，回过头狠狠地咬住土司的手。只听到"哎哟——"的喊叫声，土司痛倒在水塘里。

金贵回来，看见一身泥水滴答、捂着手臂的土司，装着吃惊的样子问："你怎么摔倒啦，老爷？"

"你放老蛇在洞里让我去摸，你不得好死！"

"老爷，我的鱼洞你偷偷去摸了，还反倒怪我。我摸碰着鱼，你摸碰到蛇。七星鱼变老蛇，那只有怪你的运气啦！"

狗跨过的大梁

上梁的吉利时辰到了,财主催着帮工把大梁吊到中柱顶上。这时,金贵过来对财主说:"老爷,狗跨过的大梁你也要用哇?"财主心想,昨天才受他的骗,再不能听信金贵的话,但又怕大梁真的被狗跨过,以后家里不吉利,心里半信半疑的。金贵猜透了财主的心思,又说了一句:"随你信不信,上边还有狗脚印呢。"

财主只好叫人放下大梁来看,见真有几个像狗脚印的灰印子,就相信了。他派人上山另砍大梁,另择上梁的时辰。

新梁砍来了,金贵才说:"我说狗跨过的大梁,是旧房子拆下的那一根。我没有见狗跨过新梁。"财主说:"为什么新梁上有狗脚印呢?"金贵说:"我看见有小娃坐在新梁上玩儿,留下几点儿灰印。"

本来,财主还想感谢金贵,现在听金贵这么一说,想到错过了上梁吉时,又耽误了两天活路,白白地开了帮工的两天饭,气得肠子都快扯断了。

潘朝霖　搜集整理

白羽飞衣

　　从前有一个姑娘，叫法吐蔓，小小年纪，就死了亲娘。后来的阿娜心肠不好，常出坏主意，折磨这个可怜的孩子。可是，法吐蔓是顶灵巧的姑娘，不管阿娜想出多难的事情叫她做，她都能做得很出色。阿娜挑不出法吐蔓的毛病，心里越加气恨。她想只有把这丫头甩得远远的，才能拔掉眼中钉！

　　法吐蔓十三岁那年，狠毒的阿娜就把她卖给了一个黑胡子男人当妻子，彩礼银子五十两，说定三天后驮人。

　　前门锁了，后门也锁了，上天无路，入地无门，可怜的法吐蔓啊，像掉在陷阱里的小鹿羔儿，恐惧、忧愁又伤心。

　　一群白鸽在天空飞翔，法吐蔓望着他们自由地拍着翅膀，心里很羡慕。于是，她坐在窗前，低声地唱道：

　　　　白鸽儿啊白鸽儿！
　　　　我真羡慕你们；

如果我有一双翅膀多好哇，

也能自由地飞翔在天空！

夜里，她梦见了那群白鸽儿飞落在床前。

"姑娘，"白鸽说，"我们送你一点儿东西，请你把它做成一件衣服。当你在危急的时候就把衣服穿上，它就能带你远离灾难，得到自由和幸福。"

说罢，白鸽们都从自己身上拔下几根羽毛，堆在法吐蔓的床上，然后就飞走了。

白鸽拍动翅膀的声音，惊醒了法吐蔓。她睁眼一看，身边真的有一堆雪白的羽毛。姑娘心里很欢喜，点起灯就连夜照着白鸽的嘱咐做起衣服来。金针引彩线，巧手制仙衣，三更灯火五更鸡，赶天明做成了一件雪白轻软的羽毛衣。

一天、两天过去了，第三天清早，那个黑胡子男人拉着一匹黑骡子来驮人了，吓得法吐蔓躲在小屋里，倒顶了门儿不敢出来。

阿娜在门外装着很亲热地叫道："好女儿，快开门！"

"阿娜，让我打扮打扮吧。"

等了一会儿，阿娜问："好女儿，打扮好了吗？"

"阿娜，我正梳头哩。"

又等了一会儿，阿娜不耐烦了："法吐蔓！打扮好了吧？"

"阿娜，我正洗脸哩。"

又等了一会儿，阿娜生气了："死丫头！还没有打扮好吗？"

"阿娜，我正穿衣裳哩。"

阿娜不愿再等了，就叫那黑胡子男人一脚踢开房门，两个人冲了进去。这时，只见法吐蔓正把一件雪白闪光的羽毛衣裳往身上披。忽然，法吐蔓变成一只白鸽，展开一双翅膀，"扑噜……"从门里飞出去，一直飞到天空，绕了几个圈子，就飞得看不见了。

法吐蔓姑娘变成的白鸽，在天空里飞行了很久，落在一棵山塬路边的干枝树上。太阳落山了，她伤心地唱：

咕噜噜！咕噜噜！
阿娜害得我好苦；
天阔云深无亲人，
哪里是我安身处？

唱着唱着，眼里的泪珠珠，就成串串儿滚下来了。

路旁开茶馆儿的老阿爷，听见白鸽唱得那么悲伤，便也唱了一支歌儿来安慰她：

日月潭的独木舟

白鸽儿啊，白鸽儿，
不要伤心不要哭；
千里相逢有前缘，
你就在我家里住。

老阿爷的茶案上，放着三把水壶——金壶、铜壶和铁壶。他提过金壶，在一只白玉小盅儿里，倒满了清水，放在门口的桌子上，对树上的白鸽说："小白鸽！来喝点儿水吧。"

小白鸽飞了一整天，实在口渴了。她看这老阿爷和和善善的，便放心飞下树来，把一盅清水都喝完了。忽然，她咯栗栗打了个冷战，老阿爷一伸手，轻轻取下她的白羽飞衣,小白鸽立刻又变成法吐蔓姑娘了。

从此,法吐蔓就住在老阿爷的茶馆里,帮助老人做些零活儿。老阿爷待她就像自己的小孙女,法吐蔓心里非常快乐。老阿爷还特别嘱咐她,茶案上放着三把水壶——金壶是"仙壶",铜壶是"凡壶",铁壶是"魔壶"。给普通客人沏茶,只能使用铜壶。

有一天,法吐蔓担着桶儿去打水,忽然看见阿娜和那个黑胡子男人走上山来。她吓得慌慌张张跑回屋里,一面找她的白羽飞衣,一面气喘吁吁地说:"阿爷,不好了!阿娜捉我来了!"

"孩子!不要怕。"阿爷说,"你安安静静地坐在屋里,我自有对付他们的办法。"

那两个人走上山来了。

"阿爷!"他们说,"有个外乡的小姑娘,听说跑到你这搭来了,是吗?"

"我只见过一只小白鸽,因为有坏人迫害她,才飞到我茶馆里来的。"

"正是她,她是我的女儿。"阿娜说。

"正是她,她是我的妻子。"黑胡子男人说。

"阿爷!快把她还给我们吧!"他们同声说。

"不要忙,不要忙!"阿爷笑着回答,"千里寻人,天热路长,你们一定跑得口渴了。来,先喝碗茶,有事情咱们慢慢商量。"说着,提起那把铁壶,冲了两碗盖碗茶。

盖碗茶只喝了几口,那两个人就"咕咚"一声栽倒在地上。一会儿,他们就变成了一对烟熏颜色的小鸟,在桌子下面乱扑腾。老阿爷举手一挥,两只鸟都吓得"扑啦啦"飞到那棵干了枝的树上去了。

老阿爷哈哈大笑,对躲在屋里的法吐蔓说:"孩子,快出来看!那两个坏东西飞到树上去了。"

法吐蔓刚走出房门,树上那一对烟熏色的鸟儿,就叽叽喳喳叫道:"回去!回去!死丫头!""回去!回去!死丫头!"吵得法吐蔓心里非常烦躁,她忙对阿爷说:"阿爷,快把他们赶走吧!"

阿爷用一根长树枝,赶走了那两只讨厌的鸟儿。

可是没过多久,他们又飞来了:"回去!回去!死丫头!""回去!回去!死丫头!"

"阿爷,快把他们赶走吧,吵死我了。"

阿爷这时正在揉烙锅盔的发面,便顺手揪下一疙瘩面,朝门外抛出去。忽然,面团变成了一只尖嘴利爪的鸽子。鸽子"嗖"的一声,向树上扑过去,吓得那对烟熏色的鸟儿,远远地飞逃开去,再也不敢来噪叫了。

直到如今，我们还能在深山野林里看得到这种烟熏色的丑鸟儿。他们一落到树上，就大声噪叫。

"回去！回去！死丫头！"

"回去！回去！死丫头！"

鸽子最恨这种丑鸟儿，一听到那讨厌的叫声，就飞过来追赶他们。人们把这种鸟儿叫作"寻人雀"。

赵燕翼　搜集整理

龙女树

在白雪皑皑的玉龙山东麓，有一个澄澈碧净的玉龙湖。过去，湖心有一株古干虬枝的大柳树，叶茂荫浓，如撑天巨伞覆盖着湖面——这就是众口相传的"龙女树"。关于它，纳西族民间流传着一段动人的故事。

很早以前，统治丽江的木天王为了扩大领地，聚敛财富，实现独霸一方的美梦，一面不断派兵四处征伐，一面施用计谋吞并周围地方。一天，木天王听说"北"人（普米族）和纳西人聚居的永宁那个地方，山清水秀，土地肥美，牛羊成群，很想把它并为自己管辖的领地。但因为路途遥远，兵丁不足，考虑了半天，决定不用武攻，而靠计取。于是，他亲笔写了一封信，派一个使者前往永宁拜望"北"王，向"北"王致意，说愿结两家姻亲，永远和好往来，并邀请"北"王在木天王五十大寿之日，前来缔订盟约。"北"王盛情款待了木天王的使者，并在木天王寿辰那日，带着王子来丽江祝贺。

木天王有一位年轻的公主，美丽、聪明、善良，人们都喊她"龙女"。她看到父亲连年征兵打仗，连累百姓受苦，常独自在闺房里叹息。父亲庆寿那天，她从窗子洞里偷看往来祝寿的客人，蓦然瞧见一个穿着"北"装的青年男子，长得十分英俊，又非常老实，和蔼识礼，心里不觉悄悄地爱上了他。过后询问服侍她的使女，原来他就是永宁的"北"王子。她很想再看到他，可是从那天以后，总是看不到。听使女说，"北"王和王子就要回永宁去了，她更心神不定，坐卧不安。一天晚上，龙女推说要去赏月，悄悄绕到"北"王子的住处来。"北"王子刚一见到这个美丽的纳西姑娘，还以为是木家的使女哩！等听她说是木天王的公主，又是喜又是怕，连忙下拜问安。喜的是这次来木王府缔结婚约，配的莫非就是眼前模样儿像天仙的她？怕的是晚上和木王府公主私自相见，万一被木天王发现，难免要闯祸。但见木公主既温柔多情，又有胆有识，"北"王子也就宽下心来。两人倾吐互相爱慕的感情，他们把自己的心儿拴给了对方。

"北"王子走后，母亲告诉龙女：木王府和"北"王做了亲家，龙女就要嫁给永宁"北"王子了。龙女一听，心里十分高兴，想不到父亲猜透了她的心，做了件好事。她想：我一定做联结纳西人和"北"人的吉祥的大桥，让勤劳勇敢的两族人民世世代代友好往来，和睦相处，和平幸福。所以在出嫁的时候，她没有大哭，只是在离开养育自己多年的家乡的时候，洒下几滴清泪。到了永宁，她宽柔地对待"北"同胞，上上下下、里里外外都十分尊敬她，爱戴她。她和"北"王子相亲相爱，过着和平美满的生活。

不久，老"北"王去世了，王子当了"北"王。这时，木天王就以"北"王的老丈人自居，发号施令，叫女婿"北"王臣服岳父，把永宁并入他木家的管辖范围。可是没想到，"北"王看透了木天王的阴谋，一口回绝了。木天王见夺不到梦寐以求的永宁地盘，反而赔了公主，便大发雷霆，要派兵去攻打年轻的"北"王。但事后又想想，觉得还是不如用个计谋，便假说有病，把龙女从永宁叫回来。龙女回到娘家，见父亲好好的，并没有生病，提出要返回永宁，但是父亲不准。她不知道父亲葫芦里卖的什么药，一个人坐在房间里纳闷儿。

一天夜里，龙女出来到院子里散步，瞧见厢房里亮着灯，像是父亲在和什么人谈话。她轻轻地走近前去，隐隐约约听到父亲这么说："……你到'北'王家，就说我木天王病重，公主守了我几夜，也病了，叫'北'王赶快来看公主，接她回去……等他一到，我就把他斩了，到那时，永宁就是我木天王的地盘了。哈哈……"听到这里，龙女吓了一大跳：啊，明白了，原来父亲把我嫁给"北"王子，不是顺着我的心，

日
月
潭
的
独
木
舟

更不是为了两族百姓友好往来搭桥，而是一个毒辣的阴谋啊！

龙女又气又悲，跑回闺房焦急万分：亲人就要受骗中计，就要无辜遭害，"北"族兄弟姐妹就要遭到父亲的压榨，两族之间的和睦团结就要受到损害，多么痛心啊！可自己在家里像关在牢狱里一样，无法脱身回去，怎么办？

忽然，龙女觉得有一种又暖和又柔软的东西在脚上摩擦。低头一看，原来是从永宁家里带来的那只大黄狗，亲昵地舔着她的脚，好像要分担

龙女树

143

主人的忧愁。看到这只能解人语的可爱的狗，公主眼睛一亮，脸上露出了笑容：它就是帮我传递消息的最好的使者呀，我应该马上写信，让它捎回永宁去。

夜深了，公主点起小油灯，铺纸磨墨，给丈夫写信，写完又拿剪子剪块布，把信包起来，牢牢地缝在大黄狗的皮项圈里面。把这一切安排停当，天开始亮了，她把黄狗叫过来，摸摸它的头，拍拍它的背："快去，快去，快把信儿捎回去！"大黄狗呆呆地看着她，无声地点点头，就转身蹿出了房门。

木天王的使者先到"北"王家，年轻老实的"北"王听说岳父病重，爱妻也病了，真是着急得很。他送走使者后，马上打点行装，牵来坐骑，即刻动身去丽江。当他和随从刚刚跨出门槛，只见自家的大黄狗，从山路上像箭一样飞跑而来。它喘着粗气，一头扑在"北"王身上，用前脚爪抓着它脖子上的皮圈。"北"王明白了，连忙解下皮圈，拆下布包，取出龙女的密信，急不可耐地读着。读着读着，他为爱妻的困境发愁，泪水盈眶；读着读着，又为木天王的手辣心狠而怒火万丈：想不到自己一向尊敬、信任的岳父，竟是这样的杀人暴君！他发誓要救出爱妻龙女，发誓要反抗木天王到底。年轻的"北"王马上召集兵马，背上弓箭，挎上长剑，浩浩荡荡地向丽江进发。

可是，木天王派来的使者还没有走远。当他得知"北"王带兵要攻打木天王的时候，便昼夜兼程赶回丽江，把消息报告给木天王。木天王一听，气急败坏，不知是谁把密计泄露出去了，暴跳如雷，马上升堂商议，决定调集兵马，在要道口上设下埋伏，打算把"北"兵一网打尽。

老实的"北"王是凭着一股怒气来的，完全没有料到半路会有伏兵。一进雪山脚下的要道口，就遭到木家兵马的伏击。箭如雨点般射来了，剑如雪片般砍来了，"北"王带领兵将，矛对矛，剑对剑，奋勇迎战。可是寡不敌众，势弱难支，不幸陷入重围，左突右冲，总是冲不出去，他血战到最后一口气，壮烈地倒下了。

木天王从"北"王身上搜出了一封信，一看是女儿写的密信，气得吹胡子瞪眼睛。他怒冲冲地跑到龙女房里，痛骂起来："你是我的女儿，木天王府的公主，居然手肘往外拐，偷听并泄露王府的机密，忤逆不孝，不要脸！"龙女气得脸色发白："我嫁了'北'王，就是'北'王家的人，就要替老实的'北'王着想；我是纳西人，就要为两族人民的和平安宁着想。可您，表面装好人，心里藏毒计，想害死我的丈夫，破坏两族的和睦，您这是把我当女儿吗？您不配当我的父亲！"

凶残的木天王为了惩罚泄密的女儿，派人把雪山脚下玉龙湖中央的游春亭改为囚亭,把龙女锁禁在亭里,不给水喝,不给饭吃。木天王还叫兵丁把瓦片、瓷块铺撒在亭子里,让赤着脚板的龙女在碎瓷瓦片上踩。可怜的龙女从亭子上,眺望着丈夫被害的"北时当"[1],看见尸横遍野,血染砂石。"啊,亲爱的丈夫,亲爱的'北'胞,死得多么悲壮惨烈啊!把整个雪山融化成水,也洗不净我父亲的罪恶啊!"龙女头晕目眩,心肝俱碎,放声痛哭,大声呼唤:"亲爱的'北'胞丈夫,醒醒吧,你的纳西妻子在喊你哪!醒醒吧,亲爱的'北'胞丈夫……"她哭着喊着,在无法立脚的瓷块瓦片上痛苦地走着。尖利的瓷块瓦片把龙女的脚板划破戳烂,鲜血染红了亭子。眼泪哭干了,嘴唇哭裂了,肚子饿扁了,鲜血流尽了,美丽、聪明、善良的龙女终于静静地躺在血泊中。

住在玉龙湖周围的纳西乡亲们,看到"北"族兄弟惨遭杀戮,看到可怜的公主被折磨死去,多么悲伤,又多么气愤!他们恨死了这个骑在百姓头上的木天王。在一个吉祥的日子,他们安葬了"北"族死难同胞,又不顾木家兵丁的阻挠,把湖心亭烧了,为龙女举行隆重的火葬礼。

第二年春天,当乡亲们再到玉龙湖边悼念龙女的时候,大家看见从被烧毁了的湖心亭原址上,长出了一棵碧绿葱

---

[1] 北时当:即今白沙,意为"北"人死的场所。

俊、亭亭玉立的柳树，枝间和风拂煦，百鸟啁啾。那绿玉般的柳丝，低垂在澄碧的湖面上，好像在诉说着无限的悲恨和忧伤。老人们说这是龙女的化身，是龙女在控诉着残暴的木天王。人们为了悼念美丽善良的龙女，便称这棵柳树为"龙女树"。

杨世光　搜集整理

山官发火

从前，有一个狡猾、狠毒而又贪财的山官，他想出了一种剥削人的方法：凡是来他家帮工做活儿的人，都订下一个规矩，就是不准发脾气；如果发了火，生了气，不但不得工钱，还要做他家的奴隶。

寨子里有一个聪明的孤儿，和奶奶相依为命。孤儿长到十六七岁的时候，有一天，他对奶奶说："奶奶，家里实在太穷，让我到山官家去帮工吧！"奶奶一听，连忙说："山官是有名的狠毒鬼，你不但得不到工钱，反而会变成他家的奴隶，千万不能去！"孤儿说："奶奶，不用怕。我不会变成他家的奴隶，我要叫他变成我家的奴隶！"说完，便告别奶奶，到山官家去了。

山官看见孤儿要来帮工，便拖长了声音说："在我家做活儿不能发脾气。我们亲亲热热地相处，就像一家人一样。如果发了火，生了气，破坏了我家的规矩，那就不但不给工钱，而且还要一辈子在我家当奴隶！"孤儿说："我从来不知道什么叫发火生气,你可以放心。但是,如果你发了脾气怎么办呢?"山官一听,愣住了,一时不知如何回答。孤儿说:"条件还是一样吧,如果你发了火,生了气,你的财产归我,你也给我做奴隶!"山官想:你给我做活儿,我使唤你,我怎么会发脾气呢?至于你嘛,我有办法叫你苦得受不住,不怕你不发火。山官主意一定,脸上显出一丝奸笑,便同意了。他们请来了寨子里的老人,订下了条件,孤儿就到山官家当了长工。

第二天,山官叫孤儿上山去放牛,他说:"你早些去吧,早饭不用在家里吃了,我会把饭送到山上来的。"孤儿便上山放牛去了。到了中午,不见山官送饭来;太阳偏西了,还是不见山官把饭送来。孤儿就把牛的耳朵割下来,烧着吃了。回到家里,山官说:"啊呀,今天我忙着围园子地,忘记给你送饭了,你不生气吧?"孤儿笑着说:"不要紧,不要紧。我见你不来送饭,肚子饿,就把牛耳朵割下来烧着吃了。你不生气吧?"山官心里很冒火,但是脸上还是强装出笑容说:"没关系,没关系!"

第三天,山官又叫孤儿上山去放牛,说好一定给孤儿送饭。孤儿很早就把牛吆到了山上,但是直等到太阳偏西,仍然不见山官送饭来,他又把牛尾巴割下来烧着吃了。孤儿回到家里,山官又说:"今天我家来客,到天黑才走,我分不开身，所以没有给你送饭，你不生气吧？"孤儿说："我今天肚子饿了，把牛尾巴割下来烧着吃了，你不生气吧？"山官娘子听说牛的尾巴也被割掉了，赶快到圈里去看，只见牛头

上是血,牛屁股上也是血,心疼得不得了,急忙转回来对山官说:"这个穷小子不好对付,趁早叫他滚蛋吧!"山官咬咬牙说:"他把我的牛耳朵、牛尾巴都割掉了,让他走,没有那么便宜!"

第四天,山官对孤儿说:"今天你去割一背草回来喂牛吧!"孤儿说:"好的,好的。但是我不知道哪里割得着又肥又嫩的草,你领我去一次吧!"山官一想,如果不领他去,他会借口空着手回来,便叫孤儿背了背箩,领他上山去割草。到了割草的地方,孤儿对山官说:"这种草我没有割过,你先教我割一割吧!"山官看他不动手,没有办法,只得自己割了一阵儿。孤儿说:"我还是没有学会,你再割一下给我看看。"山官

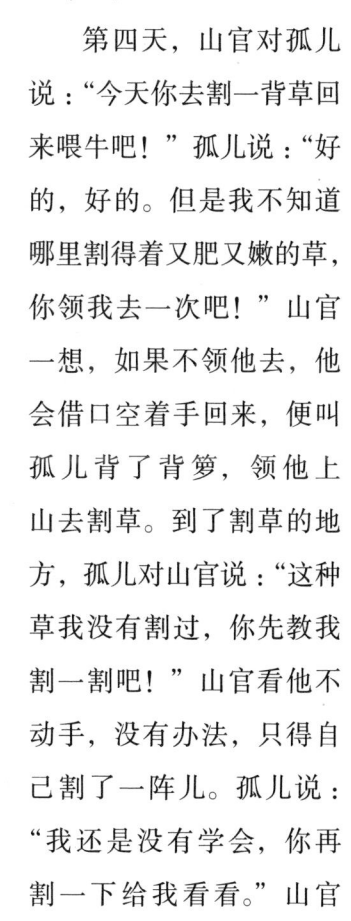

只得又割了半天。太阳当顶了,天热得实在叫人难受,山官便叫孤儿一起去小河里洗澡。孤儿跳到河里去,随便洗了一下,就爬上岸来,对山官说:"我先去把草装在背篓里,你慢慢洗了再来。"山官听孤儿说先去装草,便笑着说:"好吧,你先走一步!"孤儿把草装满背篓之后,自己也躲进背篓里,用草把身子盖好。山官洗完澡回来,看见草已装好,但是不见孤儿,心想一定是孤儿怕背草,先回去了,于是背起背篓,吃力地走回家来。山官一面走一面想,往天的一背草,没有这么重,一定是一背好草。回到家里,还不见孤儿,山官心里正在奇怪,忽然看见孤儿从草里钻出来了。山官一看,气得瞪大眼睛,大张着嘴。孤儿说:"因为我洗澡太累,钻在草里睡了一觉,没想到你把我背回来了。你不生气发火吧?"山官本来想发火,但突然想到订好的条件,只得假笑着说:"不生气,不生气!"

　　山官气得一夜没有睡着。第二天,他把孤儿叫来说:"我要到老林那边的寨子去收官租,你先到寨子里去,告诉那里的人,叫他们准备一下欢迎我!"孤儿答应后,便走了。这是山官想了一夜想出来的鬼主意,因为这座老林里,老虎、毒蛇和狼特别多,如果一个人经过,十个人中难得有一个人活着出来。但是,孤儿凭着他的勇敢和智慧,顺利地穿过了老林,来到寨子里。他把寨子的头人找来说:"明天山官要到寨子里来收官租,你们好好准备欢迎。我们山官不爱吃鱼、吃肉、喝酒,专爱吃木崩树腊,你们多多地找一些来。"木崩树腊是一种吃了容易拉肚子的野菜,一般人都不敢随便乱吃,怎么山官喜欢吃它呢?头人听了,心里非常奇怪,但也不敢多问,便吩咐寨子里的百姓找木崩树腊去了。

第二天,山官领着几个人,到老林里来找孤儿的尸体,但把老林走遍,也没有看见孤儿被野兽吃掉的痕迹。来到寨子后,头人领着百姓来欢迎,抬来了木崩树腊招待山官。山官一见,想大发雷霆,正在这时,孤儿走出来说:"寨子里的头人真会办事,我叫他们找来你最爱吃的木崩树腊,他们真的找了那么多。山官啊,你喜欢吧?"山官一听,又是孤儿的主意,已经发起来的火,只好又重新压回肚子里去。走了一天路,肚子饿得咕咕叫,只好吃了一些木崩树腊,匆匆睡了。

睡到半夜,山官的肚子疼起来了,不断地放屁,大便急得要拉在裤子里了。山官想下竹楼去屙,天黑得什么也看不见,山风呼呼地吹着像鬼在叫,不敢下去,起来找了半天,看见竹楼上有一个装水的罐子,于是只得把屎屙在水罐里。天快亮的时候,山官想,天亮后被人发现,那就有失体面了,便叫醒了孤儿说:"赶快把罐子里的东西给我倒掉!"孤儿翻了个身说:"还早得很呢,等天亮我再去倒吧!"说完,翻个身又睡着了。山官越想越觉得面子重要，只得自己提着水罐去倒。山官刚下竹楼，孤儿马上爬起来，跑到背水的地方，对姑娘们说："糟了，糟了，你们昨天为什么不把水背满？山官起来见罐子里没有水，自己提着罐子打水去了！"姑娘们一听，都吓了一跳，赶快去追山官。追上以后，一个大胆的姑娘说："山官啊，是我们不好，让我们来帮你打水吧！"说着就上前去接水罐。山官吓了一跳，赶快提着水罐往后退。姑娘们一看山官没有发脾气，便上来抢山官的罐子，一争一夺，"叭啦"一声，瓦罐掉在地上摔烂了，顿时臭气熏天。这时，孤儿跑出来把山官昨晚不敢下楼屙屎的情况，对大家说了一遍，惹得姑娘们捂着嘴，笑弯了腰。山官再也忍不住了，扑过去就要打孤儿。孤儿紧紧地抓住了山官的两只手说："好了，好了，你先发火生气了！你的财产归我，你给我做奴隶吧。"山官"啊"的一声，瘫在了地上。

李麻东　搜集

鸥鹋渤　整理

小不点儿库依茹丘克

从前有个老头儿，吃尽了巴依、马帮商人和贼娃子们的苦头。由于巴依的欺凌、奸商的敲诈、贼娃子的祸害，他后来穷得只剩下了一只带着五只羔羊的黑山羊和一峰白驼羔。他也没有儿子，只有老夫妻俩相伴度日。

有一天，老头儿去牧羊，直到傍晚才赶着山羊回家。这时候，在黑山羊两只角的中间儿，坐着一个只有小拇指一般大的孩子库依茹丘克，也来到了老两口的家里，爬到毡房围栏的上头。

老太婆挤完山羊奶，把生奶煮熟了，唉声叹气地说："要是我们有孩子的话，这奶皮子不就让他喝了吗？真主什么样的孩子都不给我们。"正说着呢，坐在围栏上头的小不点儿库依茹丘克走了下来："妈妈，您就把奶皮子给我吧，我来给您当儿子。"

老太婆喜出望外，就把奶皮子给库依茹丘克喝了。就这样，库依茹丘克成了老头儿老太婆的孩子。

有一天，正当老头儿要把山羊从圈棚里赶出去的时候，库依茹丘克走到他面前说："爸爸，这些山羊由我来放吧，您就在家待着得了。"

老头儿答应了孩子的要求，留在了家里。于是，打这一天起，库依茹丘克就天天地坐在黑山羊的两只角当间儿，出去放羊。

有一天，库依茹丘克在离大路不远的地方放羊的时候，看到运盐的一群人从路上走了过去。他想自己也用山羊去运盐。于是，他把山羊赶回了家，把自己的想法告诉了老头儿老太婆："爸爸、妈妈，路那边人们都在忙着运盐呢，我也用山羊把盐运回来给白驼羔吃。"

"算了吧，我的孩子，你扛不动盐。"老头儿没有答应。

库依茹丘克不服气。老头儿没有办法，只好答应他去，并且连白骆驼也让他赶去用。

库依茹丘克坐到了驼鞍的一个空当儿上面，跟在了运盐人的后面走。不一会儿，下起了雨。库依茹丘克为了避雨，坐到了一个大的草叶子底下。他困得打起了盹儿，白驼羔吃草连库依茹丘克一起吞到了肚里。白驼羔吃草一直吃到晚上，肚子吃饱之后才回到老人的家。老头儿老太婆看到了驼羔，可不见孩子。他们这儿找，那儿找，哪儿都找不到。老两口丢掉这孩子，心里非常难过。老头儿思量了好久，不愿啰唆，直截了当地说道:"老伴儿呀,照我看,孩子是叫白驼羔吃草时连带着一块儿给吞下去了。我把白驼羔宰了看看吧。"

老太婆点头同意了,老头儿忍痛把白驼羔宰了。可他们把白驼羔的肚子打开后,翻了这边翻那边,翻了半天也没有找到库依茹丘克。他们哪儿都找遍了,偏偏没有翻开白驼羔的盲肠看看,就把盲肠挂在门前的一个桩子上。本来丢了库依茹丘克就少了个贴心的人,现在又白白地宰了白驼羔,老头儿老太婆越发难过得厉害了。

那天晚上,野狼吃了老头儿挂在门前桩子上的驼羔的盲肠,然后朝小河源头上的一个大羊圈走了过来。正当野狼走近羊的时候,从野狼的肚子里传出了说话声:"巴依啊,巴依,狼走到你的羊圈来了!"野狼吓得魂不附体,为了脱离这个叫喊声,便拼命逃跑。可是刚才的喊声总是不离开它,野狼上上下下狂奔,结果,跑得心肺迸裂,一命呜呼。

第二天,有一个行路人在路边发现了这只狼,便高高兴兴地下了马,剥了狼皮。他喃喃自语道:"我成了有猎获物的人了,这是由于晚上睡觉时我的右臂躺在下面[1]的缘故啊。"这时,行路人听到说话声:"是啊,你成了有猎获物的人了,那现在就快走吧,咱们早点儿赶到住宿的地方去吧。"

---

[1] 右臂躺在下面:当地的一种古老观念,认为这样躺着睡觉会走好运。

听到这话后，行路人慌忙往两边张望，可什么人也没有看到。他越往前走，那话说得就越厉害。行路人不知道是怎么回事，惊惶不安地用鞭子抽马。

行路人又听到了说话声："慢一点儿走，我肚子疼起来了。"这叫声使他越发怕得不行。

行路人停下来，把鞍鞯（chàn）套具拿到地上，原来行路人开剥狼的时候，库依茹丘克便趁机钻到那个鞍鞯里头躺了下去。

这个行路人后来来到了一个巴依的家做客。

库依茹丘克跟这个行路人一起进了巴依的毡房。第二天他又躲到了行路人的身上,用锥子往马的大腿上扎。马疼得直跳,把行路人从马上颠了下来,库依茹丘克便骑着马,回到了老头儿老太婆身边。由于库依茹丘克回到了家,老两口乐得合不拢嘴。

又有一天,库依茹丘克去放山羊,见到了一个巴依的媳妇,她牵着带羊羔的山羊,便问她:"大嫂,这带羔子的山羊是从哪儿来的啊?"

巴依的媳妇说:"我回娘家去看望亲人,他们赌赢了,便给了我这些带羔子的山羊。"说着,便上了路。

库依茹丘克跟在了那媳妇后面,走到山涧的时候,便拽住山羊羔,捆住嘴,把它赶到了一个洞穴里。他自己却从另一面走开,藏在了那媳妇前面的路上。那女人往后一看,看不见山羊羔,便把山羊拴在了茵陈蒿上,去找山羊羔。那女人离开之后,库依茹丘克领着山羊走向后面的悬崖。那女人找不到山羊羔,心想丢了就算了,又转回山羊这边来。可回来后,连山羊也不见了。她懵懵懂懂,不知道该怎么好了。

不一会儿,来了五个驮着布匹的马帮商人。他们说:"今天咱们就在这儿住下来吧。"便卸下了行李。

"你们可不敢在这儿住,这儿好像有灾星。我在这儿没有待多一会儿,就丢掉了山羊羔和山羊。"那女人把刚才发生的事全部说给了他们,可这一伙人并没有把她的话当成一回事儿。那女人想,该着谁倒霉谁就得倒霉,便走上了回家的路。

在这一伙人安顿好之前,太阳已经下山了。他们的头儿指定两个人放牲口,另两个人做抓饭,自己照管布匹。

火呼啦一下子生起来了。正当那两个人做抓饭的时候,库依茹丘克借着烧着的柴火的亮光,来到了他们跟前。他拿起热得烫人的拨火棍,捅到了烧火的人的眼睛里。这个人以为是搅拌锅里抓饭的伙伴捅的,便站起来用拨火棍倒打了一下。接着,两个人就你揪我扯地撕打了起来。"他们这是怎么了?"那另外两个放牲口的伙伴听到动静后,便走过来拉架。库依茹丘克便乘机去把牲口赶到了山涧。等那两个劝架的人再回到牲口这边,却看不到牲口的踪影了。他俩左找右找总是找不到,便转回到别的伙伴那儿讲了这件蹊跷的事。于是,他们全部去找牲口。

库依茹丘克怎能看着不动呢!他趁机把布匹搬走,放到了确定的地方,然后又把抓饭吃了个饱,并且把锅藏了起来。商人们再回来一看,见布匹也不翼而飞了,心里特别纳闷儿,说:"不管怎么着,咱们先吃抓饭吧。"但是不要说抓饭,连锅也不知去向了。他们东找西找,一无所获,一个个叫苦不迭。就这样，机灵的库依茹丘克惩罚了五个奸商，又回到了老头儿的家。

又有一天，库依茹丘克顺着路边去放山羊。他听到了打这儿经过的五个有名的贼娃子说的话："今天咱们去偷巴依的犍牛去吧。"库依茹丘克走到他们后面说："把我也带上吧，叔叔大爷们。"

其中一个贼娃子说："要是不带他，他会揭露咱们的罪过。"于是便带上了库依茹丘克。

六个人当天就真的把巴依的红犍牛偷了出来，在野地里宰了，剥了皮。可正要把肉分成六份的时候，却找不到斧子。贼娃子们认为库依茹丘克在六个人当中是最小的，便派他去找斧子。

库依茹丘克为找斧子来到巴依家，巴依的女儿正坐在门口用斧子敲骨头吃骨髓。在姑娘的身边有一只看家的狼狗守着。

正当巴依的女儿举起了斧子的时候，库依茹丘克一下子把斧子夺到了手，飞也似的跑到了贼娃子们的身边。

贼娃子们把肉分成了六份。库依茹丘克对分到的一份并不满意。他说："我不要。你们要给的话，我只要一个腰子，别的什么也不要。"

贼娃子们特别高兴，把腰子撕给了库依茹丘克。

正当贼娃子们驮上肉穿过阿依勒的时候,库依茹丘克突然高声喊道:"巴依啊巴依,宰了你犍牛的贼娃子们正在往外走着呢。"

贼娃子们非常害怕,扔下肉逃跑了。库依茹丘克把肉驮上马,送给了老头儿老太婆。

库尔曼·柯尔克孜巴依　搜集

侯尔瑞　翻译

流浪儿别克包劳特

从前，有一个穷人。他穷得一天到晚愁眉苦脸，唉声叹气，总是没有好气儿。他有四个儿子，最小的起名叫别克包劳特[1]。别克包劳特是个犟脾气的孩子，他爸爸因为他不听话，就把他赶出了家门。于是，别克包劳特成年累月地到处流浪。一天，他来到一个大湖岸边，见岸边住着一户人家。他向主人道了声萨拉木[2]，便被请进了房子。这家人只有一个老头儿和一个老太婆。

别克包劳特对他们说："我是一个孤苦伶仃的到处流浪的孤儿。我真愿意给没有孩子的人当儿子，给没有驼羔的人家当牲口。"

老头儿和老太婆把别克包劳特当作儿子收留了下来。他们家有为数不多的牲畜，交给了别克包劳特放养。

---
[1] 别克包劳特：当地意为很有希望的意思。
[2] 萨拉木：当地意为敬礼、致意、问候。

几天以后，老头儿又把钓钩交给别克包劳特，自己去放养牲畜。有一天，别克包劳特钓到了一条特别大的鱼。由于鱼太重，他独自一人没拽上来，喊爸爸妈妈来也没能把鱼拽上来。最后，他爸爸说："孩子啊，你把钓钩拉紧；老婆子，你到家里去准备支锅；我到村里把身强力壮的人叫来帮忙。"说着，便朝村里去了。他们走后，那条憋足了劲儿抵抗的大鱼自己从水里游了出来，对别克包劳特说："你放了我吧，你以后大难临头时，我会帮助你。"

别克包劳特说："你在水里，怎么能帮助我呢？"

大鱼说："你把我的翅儿揪一根儿，一旦有事，你把它点着，我就会赶来帮助你。"别克包劳特揪了一根翅儿，把鱼放走了。

他爸爸来了，问："鱼哪儿去了？"

别克包劳特回答："鱼真该死！他差点儿把我和钓钩一起拉进水里。"

老头儿听到这话，气坏了，骂道："噢，你是把鱼卖给别人了吧！你这不知好歹的叫花子，快滚吧！"就这样，别克包劳特被赶走了，他又开始流浪。一天，别克包劳特碰上一只被恶狼追赶的驼羔，驼羔对他说："你救救我吧。"

别克包劳特救了驼羔，驼羔感激地说："你从我身上揪一根长毛。今后当你遇到危急的时候，把毛放到火里，我就会赶来帮你。"

别克包劳特又上路了,他由于太累,走到一棵大杨树底下,就侧身躺下睡着了。过了不长时间,他被"啾啾"的叫声惊醒。他抬头一看,见一条蛇正缠绕着一棵树往上爬,树梢上有个鸟窝,两只鹏雏正吓得发抖。他们见到别克包劳特便央求道:"哎,仁慈的人哪!快救救我们吧!我妈来了,看到是你救了我们,她会报答你的。"别克包劳特便从腰间抽出雪亮的挎刀,从蛇的正中腰砍了下去,蛇的身子分成了两段。

两只鹏雏看到蛇被杀死,便说:"哎,仁慈的人啊,请你过来,躲到我们的翅膀下面来。我妈回来,会认为你是来伤害我们的,就会啄死你的。"别克包劳特听了这话,便在鹏雏的翅膀底下躲了起来。这时,天上呼呼地刮起了大风,白杨树摇晃了起来,大鹏鸟回来了。

大鹏鸟问道:"你们平安吗?我的孩子们!怎么有人的味儿呀?"

鹏雏指着死在地上的蛇说:"要不是有仁慈的人来搭救我们,我们早就被这条毒蛇给吞下去了。"

"那人在哪儿呢?"

"这不是,在我们的翅膀底下呢。"

"出来吧,仁慈的人!你需要什么呀?"

别克包劳特出来回答："鹏鸟啊，我任何东西也不需要。当我遇到危险的时候，你能帮助我就行了。"大鹏鸟道："好吧，那你就从我的翅膀上揪一根羽毛。当你遭受到危难的时候，你一烧它，我便会马上到你的面前。"别克包劳特又上了路，他见一只狐狸逃了过来，老鹰正在后面追着。狐狸对别克包劳特说："亲爱的大哥啊，你救我脱离劫难吧！我会尽所有的力量报答你。"别克包劳特救了狐狸，狐狸对别克包劳特说："你揪下我的一根鬃毛吧！你碰到困难时就烧它，我闻到味儿，就会马上到你的跟前。"

别克包劳特又来到了一个村子，见村边上单独地搭着一个简陋的小毡房，便朝小毡房走了过去。他正要进去，听毡房里面有人讲话，他细听，是一位老头儿埋怨老婆："你这个坏干巴老太婆，你不生孩子，叫我一辈子无依无靠地过吗？叫谁来继承我这破家当？叫谁来埋葬我们的尸骨？"

别克包劳特道了声"萨拉木"，进了这座小毡房。老头儿询问了他的情况，别克包劳特回答："我是一个到处流浪的苦命人。"

老头儿听后很高兴，问："你愿意给我当儿子吗？"

"当然愿意。"别克包劳特回答。于是，他给老两口当了儿子。他给他们放养了一两头牲口，给他们提水、打草、拾柴火，一天到晚都不远离老人。

这个地方有个叫阿克毛勒道的汗王，汗王有个名叫坎泰的美丽的公主。坎泰公主为找如意郎君，告示天下：谁要想娶坎泰公主为妻，谁就得隐藏三次。要是公主三次都找不到的话，就会嫁给他；要是公主找到了隐藏的小伙子，就要砍了他的脑袋。有心要娶坎泰为妻的许许多多的小伙子，都一个接一个到坎泰那儿，并且隐藏起来让她寻找，但都被坎泰找到后砍了头。

别克包劳特决定去冒险，试试自己隐身的本事。

"我的小马驹儿啊，包劳特[1]，你别去了！你去了会死于非命的。"朋友们劝道。硬骨头的别克包劳特还是决定要去。

别克包劳特到达阿克毛勒道的汗王宫，坎泰的嫂子把别克包劳特领到坎泰的宫殿外面。嫂子对坎泰公主说："我的娇宝贝儿，为了娶你为妻，有许多好小伙儿都被你砍掉了脑袋。这会儿，又来了一个赖小子，穿着粗衣烂衫，让不让他进来？"

"让他进来吧。"坎泰公主道。

别克包劳特进到宫殿，拜见了坎泰公主，道："公主有什么吩咐？我愿照办。"

坎泰公主道："年轻人，准备隐藏三次吧。"

---

[1] 包劳特：别克包劳特的爱称。

日月潭的独木舟

别克包劳特说:"如果你许可的话,不要说三次,我藏四次也可以。您不嫌麻烦的话,我还可以再藏。"

坎泰听了这话后十分惊奇,说:"你有什么出类拔萃的本领啊?行,允许你藏四次。"

于是,别克包劳特走出宫门,点着了灰色驼羔的长毛,灰驼羔立刻赶到了他的眼前。别克包劳特骑上驼羔,走到了人迹罕至、禽兽不走的茂密的小树林的那一边,到了冰河的前面。坎泰说:"年轻人,你呀,在灰色驼羔的脊背上,在茂密的小树林的那一面,在冰河的那一边待着呢。"

别克包劳特藏第二次。他出了宫门,点着了鱼翅儿,大鱼便来到面前。别克包劳特骑在鱼背上,鱼背着他游到河的最深处,到大珊瑚下的隐蔽处躲藏起来。坎泰公主同样看见了。

坎泰公主命令他第三次隐藏。别克包劳特走出宫门,点着了大鹏鸟的羽毛,大鹏鸟立刻来到他的面前。大鹏鸟驮着别克包劳特飞上了九重天。坎泰望着天空说:"别克包劳特,你在九重天的那边,在大鹏鸟的上面待着呢!下来吧。"

"还有最后一回,你去隐藏吧。"这时候,别克包劳特点着了狐狸的鬃毛。见到狐狸,别克包劳特热泪盈眶地说:"我说狐狸啊,我的大难快到了。汗王漂亮的女儿跟我比赛。这会儿,如你不能帮助我,那么我就会被处死,快把我藏起来吧。"

"行啊,你所说的我能办到。"说着,狐狸便朝西边挖了个洞,洞一直通到坎泰公主的黄金宝座下头。狐狸说:"不管汗王的女儿坎泰她有何等心计也找不到你了。俊俏的坎泰眼看就是你的了。"别克包劳特进了洞,正好在美丽的坎泰公主的黄金宝座下隐藏了起来。

坎泰公主这边儿望望,那边儿瞅瞅,都没有找到,只好问道:"别克包劳特,你在哪儿啊?"又找了一遍,还是未找到。后来,坎泰公主说:"从日出的东方,到日落的西方,哪儿也没有见到你。现在我只好认输了!别克包劳特,你出来吧!"

就这样,坎泰公主嫁给了别克包劳特。他们吹奏弹唱,演了三十天的歌舞,举行了四十天的庆典活动。婚礼举行过后,阿克毛勒道汗王对别克包劳特说:"你虽然是个孤儿,但你的智慧超人,你的计谋很多,你是个适合统治国家的人啊。因此,我把汗位交给你。"

别克包劳特当了汗王之后,把自己原先的父母也接到了王宫,原谅了他们。从此,他的亲眷都在一起过活,和睦相处,过着无忧无虑的生活。

阿散·阿克勒别克　搜集
侯尔瑞　翻译